徳間文庫

下町不《ふ》思《し》議《ぎ》町《ちょう》物語

香月日輪

徳間書店

目次

Shitamachi
Fushigicyo monogatari

illustration：小林 系
design：AFTERGLOW

登場人物

須田直之《すだなおゆき》　小学六年生。西のほうから父の実家がある大都会の学校に転校してきた男の子。
須田宏尚《すだひろなお》　直之の父。妻と別れて、直之とともに実家に戻った。
須田清乃《すだきよの》　直之の祖母。会社経営者。
花野《はなの》　須田家の使用人。

高塔《たかとう》　直之が師匠と呼んでいる関西弁を話す男。ふしみ町に住んでいる。
犬塚《いぬづか》　新宿署に勤める刑事。高塔からはポチと呼ばれている。
古本屋　ふしみ町の喫茶店の客。
運転手　直之をふしみ町から家に送り届けてくれるタクシーの運転手。

赤城先生《あかぎ》　直之のクラスの担任教師。
吉本耕太《よしもとこうた》　直之のクラスメイト。ゴン太と呼ばれている。
佐知代《さちよ》　直之の実母。宏尚と駆け落ちしたが離婚。

1

直《なお》之《ゆき》と師《し》匠《しょう》と不《ふ》思《し》議《ぎ》町《ちょう》

Shitamachi
Fushigicyo monogatari

「センセー！　また須田《すだ》くんと吉本《よしもと》くんがケンカしてますー！」

女の子たちの報告で、赤城《あかぎ》先生が六年四組の教室へかけつけてくる。そこでは、いつものように小さな怪獣《かいじゅう》二匹《ひき》——須田直之《なおゆき》と吉本耕太《こうた》が、取っ組み合っていた。

「チビの何が悪いんじゃ、ボケー！　殺すぞ、コラァ!!」

「チビのくせに生意気なんだよ、てめえ！　死ね、死ね、死ね——っ!!」

「やぁめぇなぁさぁ——い!!　あんたらはホントに、毎日毎日毎日〜〜〜!!」

怪獣のあいだに割って入り、赤城先生は耕太から直之をひっぺがした。小さな直之の身体《からだ》は、赤城先生に簡単に抱《かか》え上げられた。

「ゴン太が悪いんやぞ、先生！　俺《おれ》はちゃんと掃除《そうじ》しとったんや。ゴン太がほうきで殴《なぐ》ってきたんやもん！」

「ハイハイ、それも毎日同じよね。吉本くん！　あんたも、何度同じことを繰《く》り返せば気がすむのよ」

鼻血を出しながら耕太は叫《さけ》んだ。

「須田が、チビで生意気で、よそモンだからだよ!」

「そんな言い方しないの!!」

「母ちゃんもいないくせに!!」

「吉本くん!!」

だが、直之はいっこうにひるまない。先生に抱《だ》きかかえられながらも、身体をゆすって耕太に蹴《け》りをくらわせた。

「須田くん!!」

大都会のド真ん中の、小さな小学校。

すっかり生徒の数は減ってしまったけれど、ここに今日も、昨日《きのう》も、そして明日《あした》も元気な反逆児がいる。

直之は、この春、西のほうから転校してきた。

六年生にしては、とても身体が小さくて細い。どうやらそれは病気のせいらしいと、子どもたちにも想像ができた。今はいたって元気だが。その証拠《しょうこ》に、直之はよくしゃべり、よく動き、女の子たちからは「リスみたい」と言われる。

言葉も習慣もちがうまったく別の土地に引《ひ》っ越《こ》してきたわりには、直之は最初から物おじせず、みんなを笑わせるような（それは別に笑わせようとしているのではなく、自然にそうなるらしい）子どもだった。

だが、それがかえって反感を買った部分でもあった。

チビのくせに、よそ者のくせに、母親がいないくせに、言葉が変なくせに、元気で明るい直之が気に食わないのは、クラスの、いや学年のボスといっていい耕太だった。

耕太は、自分よりめだつ奴《やつ》がいることが我慢《がまん》ならなかったようだ。

耕太は、毎日毎日なんやかやと難癖《なんくせ》をつけて直之をいじめる。しかし、直之はひるまず臆《おく》せずやり返す。耕太はますます頭にくる。春からずっとこの繰り返しだった。

夏休みを目の前にしたこのごろは、さらに激しくなってきた。

「須田くんって、強いなぁ」

殴られたら殴り返す直之を見て、クラスメイトは思う。

「あたしなんか、もし転校して、こんなふうにいじめられたら、学校休んじゃうよ」

「あたしも」

「なんか、このごろますます元気になってきたよね」

別の土地から引っ越してきたり、母親がいなかったりと、複雑な家庭の事情があったり、自分の倍ほども図体《ずうたい》のでかいクラスのボスに、いじめられてもいじめられてもいじめられても、いっこうにめげない直之の強さには、実は秘密があった。

「師匠《ししょう》〜〜〜っっ!!」

学校が終わるや、直之は毎日すっとんでゆく場所がある。

休日ともなると(休日でなくても)、なぜ? どこからこんなにも人が湧《わ》いて出た? と思うほどの人でにぎわう駅前。そこからほんのちょっと離れた路地をヒョヒョイと入ってゆく。

そこに、人と車と物がひしめき合うこんな大都会のすぐとなりにあるとは思えない、昔ながらの下町の風景があった。

せまい路地。木造りの家々。サッシの引き戸。甍《いらか》の波。ちまちまとおかれた植木鉢《うえきばち》。軒下《のきした》には簾《すだれ》がたれ下がり、路上で将棋《しょうぎ》をさす年寄りの足元で猫《ねこ》がウトウトしている。

この情緒《じょうちょ》あふれる町の一画に、直之の「師匠」は住んでいた。

ランドセルをガタガタいわせ、直之は今日も師匠の家へ走ってやってきた。開けっぱなしの玄関《げんかん》で、靴《くつ》を投げるように脱《ぬ》ぐ。

　小さな庭に面した居間に、いつものように師匠はいた。

「おー、ナオユキ。オ、また青タンこさえてからに。今日もゴン太とケンカしたんか。元気やなあ」

　直之と同じ言葉づかいで、師匠は言った。

　肩《かた》にかかる髪《かみ》をうしろでチョンとくくった、着物姿の男。今どき煙管《きせる》で煙草《たばこ》を吸う眼鏡《めがね》の向こうの顔は、若いのか年寄りなのか、直之にはわからない。

　その師匠の横に、今日は長い髪をした女がうつむき加減《かげん》で座っていた。

「あ、ごめん。お客さん？」

　と、直之が言うと、師匠は片眉《かたまゆ》をチョイと上げた。

「お前、コレが見えるんか」

「えっ、もしかしてコレ、オバケッ!?」

「オバケや。死にたてのホヤホヤやぞ」

「うっそ！　こんなにハッキリ見えるのに!?」

直之は女をあらためて見た。下を向いて顔はわからないが、本当に何の変哲《へんてつ》もない、そこらを歩いている人間に見える。

師匠はその女に言った。

「さぁ、もうええやろ。あっちぃ、行き」

女が、ちょっとうなずいたように見えた。静かに立ち上がり、静かに直之のわきを通って部屋を出ていった。歩く姿も、直之にはふつうの人間に見えた。

「また何《なん》か、言いにきたん？」

「ちょっと先の踏《ふ》み切《き》りで、飛びこみした女や」

「知ってる！　学校でみんな言うとった!!　えと……おとつい？」

「今日そこ通ったら、ついて来よってな。えんえんグチ聞かされたわ」

師匠は、アッハッハと笑った。

師匠のまわりには、いろんな不思議なことが起きる。幽霊《ゆうれい》がいるなんていうのは、もう当たり前の日常で、直之もすっかり慣れてしまった。

「話は終わったか」

奥座敷《おくざしき》から、しわがれた声がした。ほんの少し開いた襖《ふすま》の向こうは、真っ暗だった。

「何《なん》かおる……」

直之の身体に、ザワリと鳥肌《とりはだ》が立った。

「おお。ちょっとそこにおりゃ、ナオ」

師匠は軽く言って、奥の部屋へ入っていった。

この家には、幽霊のほかにも、いろんなモノが出入りする。今、奥座敷にいるような正体不明のモノ、また、人間のように見えてもなんだかすごく怪《あや》しい連中も大勢いた。この現代の、日本の、大都会でありえないかっこうをした者。マタギ姿の者とか、シルクハットにマント姿の者とか、左右の腰《こし》に拳銃《けんじゅう》をさげている者とか、とにかく、直之のような子どもでも「ありえへん！」とわかるような連中だ。

それすらも、直之はもう慣れた。

「類は友を呼ぶっちゅーやつやな」

勝手知ったる台所で、水をゴクゴク飲みながら直之は思う。

いつも着物姿で、煙管で煙草を吸い、ひょうひょうと軽くて優《やさ》しいが、眼鏡の向こうの目つきがすごくキツイ師匠その人が、もうじゅうぶん怪しい。

首や肩をゴキバキいわせながら、師匠が部屋を出てきた。

「あ〜、疲《つか》れた。アイス食いに行こか、ナオ」

「うん！」

近所の行きつけの喫茶店《きっさてん》へ、直之は師匠と手をつないでブラブラと歩いてゆく。

師匠が何者で、何の仕事をしているのか、直之は知らない。古い絵や物を扱《あつか》っているような感じはする。部屋には、古い本やら変な形の機械やら、本物かどうかは知らないが（師匠は本物だと言うが）、しゃれこうべやら、何かの標本とかが山のようにおかれている。

それらに手を出してはいけないと言われているが、手は出さずとも眺《なが》めているだけで直之は楽しかった。「不思議」が、生きている感じがした。物たちが呼吸をしているような気がした。直之は、そんな師匠と師匠をとりまくモノや人が好きだった。

「ええ日和《ひより》だネ」

路上で将棋をさしている年寄りが声をかけてくる。花の手入れをしているオバサンも、自転車をこいでゆく郵便屋も、玄関先につながれている犬まで、この町の人たちはみんな知り合いだ。

「いらっしゃい」

飴色《あめいろ》のカウンターの向こうから、無愛想《ぶあいそう》なマスターが無愛想に言う。

喫茶店の客たちも、全員が知った顔の常連ばかり。

「おー、高塔《たかとう》さん」

「今日は子連れか」

「お前はいつ見てもケガをしてるなあ、直之」

常連のあいだに師匠——高塔と座る。

どっしりとした木造りの店内。たちこめるコーヒーの香《かお》り、壁際《かべぎわ》や窓際にズラリと招き猫の置物が並び、そのあいだに本物の猫がいる。

「今日はな、師匠の家に女のオバケがおったんや」

「ああ、電車に飛びこんだ女だろう」

「俺が見た時は足がなかったが、歩けるようになったんだな」

「修繕屋《しゅうぜんや》さんは、女にモテるからなぁ〜」

「おンなじモテるんやったら、生身《なまみ》の女にモテたいもんや〜」

皆《みな》が笑う。この常連の中には、高塔を「修繕屋」と呼ぶ者がいる。高塔の仕事は古い物やこわれた物を修理することかも知れないと、直之は思うのだった。

ここに集まる常連たちも、どこか妙《みょう》な者たちばかりだった。ふつうの人のようには見えるが。

その時、ドアが勢いよくバタンと開いた。みんなが注目する中、ひとりの男が戸口にあらわれた、かと思うと、床《ゆか》へ倒《たお》れこんでしまった。

「ポチや！」

直之が叫んだ。高塔が苦笑いした。

「ああ、またもぅ、イッパイくっつけて」

そう言うと高塔は、煙管《きせる》の煙《けむり》をふぅぅと男の背中に吹《ふ》きつけた。すると、男の背中をつつんで煙草の煙がむくむくと入道雲のように形を成し、その中に半透明《はんとうめい》な顔がいくつもチラチラと浮《う》かんだり消えたりした。

「おおお」

直之は、持っていたスプーンをにぎりしめながら見入った。

煙の中の顔は、どれもこれも苦しそうにゆがんでいた。「キー」とか「ウー」とか、

小さいうめき声が聞こえる。

やがて、煙のかたまりが男の背中からゆっくりとはがれ始めた。それは、洗剤《せんざい》のコマーシャルとかで見る、洗剤が汚《よご》れをつつんで浮かせてはがす、という感じにそっくりだった。

煙のかたまりが完全に男の背中から離れて宙に浮かぶと、常連客のひとりが、かたまりに向かって、何か文字がたくさん書かれた細長い紙を飛ばした。紙はかたまりにペッタリとくっついた。とたんに、煙の中にいるたくさんの顔がぐるぐると回りはじめた。

シュン！　と、煙が紙にすいこまれたかと思うと、紙は小さくまるまって、ポトリと床へ落ちた。

「やり――――っ!!」

直之が腕《うで》をつきあげる。そして椅子《いす》から飛びおり、まるまった紙を指さした。

「拾ってええ？　拾ってええ？」

「ああ、いいよ」

直之はまるまった紙を拾い上げ、紙を投げた男に返した。男はそれをポケットへしまった。

「オバケは退治できたんか？」

目をまんまるにして問う直之に、高塔は笑って答えた。

「ああ。もう大丈夫や」

「う～ん」

と、男が起き上がった。

「どうや、立てるか？」

高塔が男の背中をポンポンと叩《たた》いた。

「ああ、楽になった。ありがとう。あー……しんどかった！　死ぬかと思った」

男は、首や肩や腰をひねりながら立ち上がった。顔を汗《あせ》が伝っていた。

「大丈夫か、ポチ？」

そう言う直之の鼻を、男はギュッとつまんだ。

「俺は、犬塚《いぬづか》。い・ぬ・づ・か！」

皆《みな》が笑った。

「犬塚さん、お守《まも》り出して」

常連客のひとりが言った。犬塚はシャツの中から、首にかけていたお守りを出して渡した。お守りは、風船のようにふくれていた。

「また、キッツイ現場へ行ったんや?」

高塔が言うと、犬塚は大きなため息をついた。

「ひどいコロシが三件続いてね〜。その前から重かったんだけど、その三件でズシーンと来たというか……。正確には最後の一件かな? 性質《たち》の悪いホステスを、カモられた男が惨殺《ざんさつ》して……と、子どもにゃあ聞かせられん」

犬塚は、口をおさえて苦笑いする。

「歌舞伎町《かぶきちょう》をかかえてる新宿署の刑事《けいじ》さんはたいへんだ。あの周辺は行く気がしないね」

お守りを受け取った男は、そう言いながらお守りをなでていた。すると、風船のようだったお守りのふくらみが、ゆるゆると元に戻っていった。直之はその様子を熱心に見ていた。

ふくらみのとれたお守りを受け取ると、犬塚は大きく肩をすくめて言った。

「俺《おれ》だって行きたかないさ。こんな体質じゃよけいだよ。ほかのやつらの二倍も三倍も疲れるんだからな。マスター、コーヒー。うんと濃《こ》いやつ」

犬塚は、コーヒーをうまそうに飲んで「ハーッ」と大きなため息を吐いた。

高塔やほかの客たちとちがい、犬塚は「ふつうの人」のようだった。殺人課の中《ちゅう》堅《けん》どころの刑事らしい。ただ、学生時代はラガーマンだったという精悍《せいかん》でがっしりした見かけに似合わず、どうも「変なモノに一方的に好かれる体質」らしい。いつも「変なモノ」をたくさん背負ったり、くっつけたりして、今日のようにフラフラになってあらわれる。

「そういやあ、犬塚さんがはじめてここにあらわれたのは、ちょうど今ごろじゃなかったか？　一年たったな」

「背中に象ほどもあるグッチョグチョの肉のかたまり乗せて、店の前で行き倒れとったな。はじめは何かいなと思《おも》たで。その下にある人が目に入らんかったわ」

皆《みな》に笑われて、犬塚は頭を大きくふった。

「こ、ここと出会わなけりゃ、俺はとうに死んでたかもな」

「あ、それはないネ。そのお守りが、命だけは守ってくれるから」

「ばあちゃんが近所の神社でもらってきた、ふつうのお守りなんだけどなぁ。なあ、これに変なモノを寄せつけないように念をこめてくれよ～」

「ぜいたく言っちゃいかんよ。お守りにもキャパってのがあるんだから」

「変なモンに会《お》うたらなぁ、ガツンとかましたったらええねん。『何ガンたれとんじゃ、ワレ！　ついてくんな、ボケ、殺すぞ、コラ！』って感じや」

「もう死んでるって!!」

「死んでる自覚のない奴《やつ》には効くかも！」

「ギャハハハ！」

直之も皆《みな》も大笑いした。

不思議な縁《えにし》にみちびかれて、ここにやってくる者たちがいる。

「ふつう」な者も、「ふつうでない」者も、皆《みな》なんらかの「不思議」をまとっている。

ということは、自分も少なからずそうなのだと思うと、直之はうれしかった。意味はわからずとも、大人たちの会話を聞くことが好きだった。こ
こで起きる現象が好きだった。「不思議」が、サラリと存在していた。

直之は、この「サラリ」としたところが好きだった。

特別だけど、特別でもない人と場所。直之はかってに、この町を「不思議町」と呼

んでいた。

「もうすぐ、夏休みだな、直之」

「どこかへ遊びに行くのか？」

直之は、大きく頭をふった。

「師匠んとこへ泊《と》まらしてもらうねん！」

客たちが笑った。

「休みの日まで高塔さんとこかヨ」

高塔は、煙管《きせる》を吹かしながら苦笑いしていた。

「師匠んとこで、宿題合宿すんねん！　そんで、そのあと遊ぶ！」

「どこで？」

「師匠んちで」

皆《みな》がまた大笑いした。

「へへへ」

直之は、夏休みが待ち遠しくてたまらなかった。

2

路地の向こうに

Shitamachi
Fushigicyo monogatari

はじまりは、二月《ふたつき》ほど前だった。

直之《なおゆき》と師匠《ししょう》——高塔《たかとう》とは、この喫茶店《きっさてん》で出会った。

直之の父と母が正式に離婚《りこん》し、直之は父に引き取られ、生まれ育った町をあとにした。

直之は、父の実家で暮らすことになった。そこは裕福《ゆうふく》な家ではあったが、父の母——直之の祖母清乃《きよの》は、直之を受け入れてはくれなかった。

「どうして、あんな女の子どもを、こっちが引き取らなきゃならないんだい？」

父をそう問いつめていた祖母の姿を、直之は見かけたことがある。

「おばあちゃんは、お母ちゃんが嫌《きら》いなんやな……」

嫌いな女の血を引く直之を、祖母がかわいがるはずもなかった。おまけに、学校で耕太《こうた》と喧嘩《けんか》をするたびに、耕太の親がどなりこんでくるものだから、直之は祖母にとって二重三重の悩《なや》みの種だった。祖母はそれを、直之に隠《かく》そうともしなかった。

「しつけも何もなっていない子だよ、まったく！」

「その言葉を直しなさい！　お前はもう、こっちの人間なんだから！」

行儀《ぎょうぎ》作法や言葉使いにきびしい祖母といっしょにいるのは、直之にとっては息がつまるようだった。

眠《ねむ》れずにいる直之を抱《だ》きしめて、父は毎日謝《あやま》った。

「ごめんな、ナオ。ごめんな。全部俺《おれ》が悪いんだ。ごめんな」

母と別れたことに一番傷ついているのは父なのだろうと、直之はわかっていた。だから、黙《だま》って耐《た》えるしかなかった。

「負けへん！　お母ちゃんがおらんのがなんじゃ！　引《ひ》っ越《こ》しがなんじゃ！　言葉がちがうのが、クソババがなんじゃ――っ！」

悲しみは、学校で元気にふるまい、耕太と喧嘩することでまぎらわせた。だが、仕事で遅《おそ》くなる父のいない家にはいられなくて、学校が終わってからの時間をどうしようもなく、直之は毎日あてどもなく学校周辺をさまよっていた。

そんな時、ふと迷いこんだ路地の向こうに、直之は懐《なつ》かしい町並みを見たのだ。

「ここ……俺が住んでたとこに似てる」

電柱には「ふしみ町一―二」と書かれてあった。

直之はうれしくなって、路地を奥へ奥へと歩いていった。

道のせまさ、ガタゴトの溝蓋《みぞぶた》、サッシの戸を開けて、なじみのオバンが今にも顔を出しそうだった。

「中川のオバン……元気かなぁ」

そう思ったら、思わず泣きそうになった。直之は目を閉じ、下腹《したばら》にグッと力をこめた。

「アカン。泣いたらアカン！　泣いたら負けや。俺は負けへんぞ。ゴン太にも、クソババにも絶対負けへん！」

直之は、大きく深呼吸した。

目を開けると、ゴミ容器の上に白い猫《ねこ》がまるまっていた。

直之は、近づいて声をかけた。

「嚙《か》めへん？」

目を閉じている猫の顔は、笑っているようだった。そっと頭に手をおく。とても温かかった。ゴロゴロと喉《のど》が鳴っていた。直之は、なんだか優《やさ》しい気持ちになって、しばらく猫をなで続けていた。

その時、男の二人連れがやってきた。ひとりは着物姿だった。

「アホやなあ、自分。それは逆効果やで。そんな時はやな、ガーッといったらなアカンねん、ガーッと！」

着物姿の男のしゃべる言葉に、直之はハッと顔を上げた。

「関西弁や！」

「その、ガーッてのは何なんだよ。どうも、あんたの話は擬音《ぎおん》が多くていかんな」

二人連れは、直之のすぐそばの建物のドアを開けた。

直之は、吸いこまれるように、二人のあとについてドアをくぐった。

建物の中は招き猫があふれ、よく見ると、そのあいだに本物の猫が何匹《なんびき》もまじっていた。コーヒーの香《かお》り、サイフォン、カップにソーサー、新聞を読んでいる男たち。

「喫茶店……」

猫たちが、直之を見ていた。

客のひとりが、着物姿の男に声をかけた。

「聞いたぜ、高塔さん。いいモン手に入れたらしいなぁ」

「江戸時代の処刑画《しょけいが》や。もー、バリバリに怨念《おんねん》こもってまっせ～」

そう言って笑った男に、別の客が言った。

「アリャ？　その子、どこの子？」

「ハイ？」

男と目が合った直之の声が、店内にとどろいた。

「オッチャン！　大阪《おおさか》の人か!?」

男の眼鏡《めがね》が、ズルッと下がった。

「オ……チャンって!!　そら、オッチャンやけどなぁあ」

客たちが、ドッと笑った。

「そうか。直之は、お父ちゃんと二人で引っ越してきたばっかりなんや。寂《さび》しいやろ」

高塔は、煙管《きせる》で煙草《たばこ》を吸った。

「寂しない！　寂しないけど……うん……ヒマかな」

直之が、寂しくないはずはなかった。

耕太に目をつけられているあいだは、友だちはできないことを直之は知っていた。そうでなくても、言葉の壁《かべ》や習慣の壁があることは、祖母の態度を見れば骨身にしみる。引っ越す前からの家庭の問題にも、直之の小さな胸は痛んでいた。それを口に出さないように、考えないようにしていた。

いろいろな問題にかこまれて、直之は孤独《こどく》だった。

だから、思いもかけず懐かしい景色に出会え、さらに同じ言葉をしゃべる人に会えたことが、うれしくてたまらなかった。

直之は、ミックスジュースをくるくるとかき回した。氷がぶつかって、キリンコリンと音がした。自分で買うお菓子《かし》以外のおやつは、本当に久しぶりだった。

「オッチャンは、いつこっちへ来たん？」

「オッチャンか。オッチャンは、もうこっちへ来て長いでぇ」

「ホンマか！　そんなら俺の先輩《せんぱい》や……ううん、師匠や！　師匠！　こっちのいろんなこと、教えてくれ！」

「師匠なぁ」

高塔は苦笑いし、ほかの客はゲラゲラと大笑いした。

「思わぬ弟子ができたな、高塔さん！」

「教えておやりよ、こっちのいろんなことを」

「簡単に言うなや、おたくら。かなんなぁ〜、ホンマ」

「ここに来るっていうことは、縁《えん》があるっていうことですよ」

直之のとなりに座っていた男が、直之の短い髪《かみ》をクシュクシュとなでて言った。

「一回じゃ、わからん」

高塔の言葉は素《そ》っ気《け》なかった。

直之は、皆《みな》が何を言っているのかわからなかったが、高塔があまり自分を歓迎《かんげい》していないことはわかった。とても悲しい気待ちになった。

高塔は、直之の頭に手をおいて言った。

「直之。ジュース飲んだら、今日はこれで帰り」

「……」

直之は、しばらく黙っていたが素直《すなお》にうなずいた。

「ほんでな。明日《あした》、またここへ来たら……。ケーキおごったるわ」

直之は、まるい目玉を目いっぱい広げた。

「ホンマ!?」

高塔はうなずいた。

直之は、カウンター席から飛びおりた。ドアの前でふりむいて、Vサインを出す。

「約束やで、師匠！　明日《あした》来たら、ケーキ!!」

「おお」

高塔はVサインを返した。

「来れたらな」

高塔のその言葉は、うれしくてうれしくて、スキップするように出てゆく直之には聞こえなかった。

「うちは、ケーキはおいてないんだがネ」

マスターが、ぼそっと言った。

そしてその翌日。

高塔が喫茶店のドアを開けると、そこにはカウンター席でホットケーキを食べる直之がいたのだ。

「師匠！」

直之がうれしそうに叫《さけ》んだ。

高塔の眼鏡が思いきりズリ落ちるのを見て、客たちが大爆笑《だいばくしょう》した。

「直之……もう来てたんか」

「うん！」

「迷わんかったか？」

「？　ううん」

直之は、ホットケーキで頰《ほお》をふくらませた顔をブンブンとふった。

「このホットケーキ、メッチャうまいー！」

「師匠のおごりだから、腹いっぱい食えよ、直之！」

客たちの爆笑の渦《うず》の中、高塔は絶句していた。

ホットケーキにメープルシロップとチョコシロップ、子ども用のナイフとフォーク、シロップを入れる容器はかわいい猫の形。

「ここにケーキはおいてないんとちゃうかったか、マスタ〰〰〰？」

「だから。近所のスーパーに、はじめて買い出しに行ったよ」

マスターは無愛想《ぶあいそう》に答えた。

「それは、いつ買いに行ったんかな～～～～？」

「ふっかふかやで、師匠！」

口元をシロップでテカテカにして、直之はホットケーキをもりもり食べた。

「お母ちゃんが作ってくれたのとおんなじ味や！　メッチャうまーい!!」

「そりゃ、おんなじホットケーキミックスだからやろ」

というツッコミはせずにおいた高塔だった。直之の母が、直之をおいて家を出たことは昨日《きのう》聞いた。

「……そうか」うまいか。よかったなぁ」

高塔は直之の横に座った。

「俺《おれ》にもホットケーキ焼いて～ん、マスター」

高塔のオーダーは、軽く無視された。

「俺のやる、師匠！」

直之はケーキを切りとった。

「あーん!」

と、目の前に差し出されたケーキの切《き》れ端《はし》を見て、また眼鏡がズリ落ちそうになった高塔だが、素直にそれを口にした。

「うまいわ」

その様子《ようす》を腹をかかえて笑って見ながらも、客たちの直之へのまなざしは優しかった。

「まぶしいね」

「本当に、子どもの純粋《じゅんすい》にはまいる。かなわん」

そんな客たちを指さして、直之は言った。

「オッチャンらがな、師匠の家にはオモロイもんが、いーっぱいあるって言ってた。ホンマ?」

高塔は片眉《かたまゆ》を上げ、客たちをチラリと一瞥《いちべつ》した。客たちは笑いをかみ殺しながら知らんふりをする。

「まあな。お前がオモロイと思うかどうかはわからんけど。……うち、来るか?」

直之の顔が輝《かがや》いた。

「うん!!」

ドアの手前で、直之に差し出された高塔の手に、直之がうれしそうに小さな手を重ねる。

高塔は店内をふりかえり、やや皮肉まじりに言った。

「お世話さんでした！　ほな、また明日《あした》!!」

続いて直之が、

「また明日《あした》～！」

と言った、その間《ま》が漫才《まんざい》のようで、閉まったドアの向こうで笑いころげる声がした。

そろそろ梅雨《つゆ》の時季だった。

無造作におかれた鉢《はち》に紫陽花《あじさい》がチラホラ咲きはじめ、朝顔がぐんぐんと蔓《つる》を伸《の》ばしていた。空気はムッと熱いが、オバチャンがばっしばっしと打ち水をすると、待ちかねたようにその上を風が吹《ふ》き、足元をひんやりと空気が流れてゆく。

ほんの少し通りを出たそこに大都会の喧騒《けんそう》があるというのに、チリリンとどこからともなく響《ひび》く風鈴《ふうりん》の音が、すぐ耳元に聞こえるほど静かな空間。高塔に手をつながれて、心はウキウキしているけれど、何もしゃべらず黙《だま》っていることが心地《ここち》好い直之だった。

喫茶店《きっさてん》を出て、ほんの五分ほど。並んだ同じような木造平屋建ての家の一つが、高塔の家だった。

「俺の家に着きました～。直之さん、いらっしゃ――い♪」

高塔が、ガラスのはまった玄関《げんかん》をカラカラと開ける。

「おじゃましまんねやわ～」

木と畳《たたみ》の家。直之がまず通された居間には、小さな庭がついていた。

「前に住んでた家に似てる……」

直之は、深呼吸して木と畳の匂《にお》いをかいだ。

「前の家は、もっと小《ち》っそうて汚《きたな》かったけど」

と、直之は笑った。

「貧乏《びんぼう》やっててん。お父ちゃん家《ち》は金持ちやけど、お母ちゃんと駆《か》け落ちしたから、金ぜんぜんなくて。俺も病気したし……」

小さな胸に思い出があふれてきた。いかにも手入れのされていない庭を見ながら、縁側《えんがわ》で直之は膝《ひざ》をかかえた。

せまい家で親子三人、肩《かた》を寄せ合うように暮らしていたけれど、直之の思い出の中では、皆《みな》はいつでも笑っていた。

「別に貧乏でも、俺はなんとも思わんかってんけどなぁ。お父ちゃんもお母ちゃんも、なんとも思ってないって思てた……」

母は、ちがっていたのだと。そして、母にそう思わせたのは、もしかすると自分の病気が原因ではないかと、小さなトゲが直之の心の隅《すみ》をつつく。

「病気したんは、直之のせいちゃうやろ」

直之は、そう言った高塔のほうをふりかえった。

「なんでわかったん？　師匠《ししょう》は俺の考えたこと、わかるん？」

「わかるで。なんせ、俺は魔法使《まほうつか》いやからなぁ～」

煙管《きせる》を吹かしながら、高塔はかる～く言った。直之は笑った。

「ははははははは」

高塔も笑った。

「言うとくけどなあ、師匠」

「なんや？」

「俺は、人からよう小学三年生ぐらいにしか見られんけど、レッキとした六年生や。来年は中学生やぞ！」

「それがどないしたんや」

「来年は中学生になるっちゅーもんに、ええ年齢《とし》した大人が『俺は魔法使いや』は、ないやろ」

高塔は、煙草《たばこ》の煙《けむり》を長々と吐《は》いた。

「直之。お前、オバケとか信じるか？」

直之は首をひねった。

「見たことないけど……。おったらオモロイなあとは思う」

高塔は、ククッと喉《のど》の奥《おく》を鳴らした。

「それでええ」

「……」

直之は、高塔の言い方を不思議に思った。「魔法使いだ」などと言ってみたり、急に「オバケを信じるか」などと言ってみたり。いい年齢《とし》をしたれっきとした大人が（格好は変わっているが）言うだけに、かえって何か意味があるのかと感じた。

「……オバケ……おんの？」

「おるよ」

なんとも軽い答えが返ってきた。

「み、見たことあんのん？」

「しょっちゅうあるよ。そこらへん歩いとるしな」

「そこらへんって⁇」

「そこらへんや」

高塔が、煙管で庭をさした。

直之が庭をふりかえると、ぼうぼうの草のあいだを、どこかで見たことのあるような白い小さい、ぬいぐるみのようなものが横切っていった。

「ト……⁉」

直之は仰天《ぎょうてん》した。目を皿のようにして見たが、犬でも猫《ねこ》でもなかった。それは……。

「ト、トトトロや！」

アニメの中に出てきた生き物そっくりだった。背負った袋《ふくろ》の中から、木の実を落としながら歩いていた。それを人間の女の子に見つかって追いまわされていた。

「し、師匠！　あれは、トトロや！　トトロの小《ち》っちゃいほうや‼」

「そやなぁ。トトロの小っちゃいほうやなぁ」

高塔は、うんうんとうなずく。直之は叫《さけ》んだ。

「あれは、アニメや‼」

「うんうん。ようできとったなぁ〜。ネコバスなんか、そっくりやったなぁ」

「ネコバスがあるんか⁉」

直之は身を乗り出した。

「俺《おれ》は、乗ったことないけどな」

高塔は、しれっと煙を吐いた。

「……」

直之はしばらく口をぽかりと開けていたが、やがて大きく息を吐いた。

「師匠……、めっちゃオモロイわ」

「よかったな」

「そぉか～……、オバケはホンマにおんねんや……！」

そう思ったほうが得だと、直之は考えた。

「見える奴《やつ》と見えん奴がおるけどな。見えん奴には、目の前におっても見えんねや」

「トトロも見えたり見えんかったりした！」

「そやろ～？　場所にもよるしな」

「サツキらも、田舎《いなか》に越《こ》してきたからオバケに会えた！」

直之は、激しく納得《なっとく》した。

「ここにおったら、もっといっぱいオバケに会える？」

「会えるやろなぁ、お前なら」

直之の表情が輝く。しかし、

「毎日、ここへ来てええ？」

と、そう言ったまるい瞳《ひとみ》は、どこかすがるようだった。

高塔は、直之のその瞳を見つめてから静かに言った。

「毎日来たいんやったら、言うとくことがある」

高塔は立ち上がり、次の間《ま》の襖《ふすま》を開けた。

部屋いっぱい。壁《かべ》の上から下まで、いろんなものがぎっしりとつまっていた。

「うわ～」

ニュースで見たことのある「ゴミ屋敷《やしき》」のようだと、直之は思った。

さまざまな厚さと大きさの本に、カメラなどの機械類、壺《つぼ》や像などの飾《かざ》り物、額に入った絵や写真、市松《いちまつ》人形などの人形類、何かの標本類、その他、紙箱、木箱、缶《かん》類などは数知れず。

「うわっ、ガイコツや！　あれ、オモチャ？」

「いいや。本物《ほんもの》や」

「あれっ？　あの地球儀《ちきゅうぎ》、なんで内側向いてんのん？　あっ？　この絵……恐竜《きょうりゅう》？なんで毛がいっぱい生えてんのん？　恐竜って爬虫類《はちゅうるい》やんなぁ!?」

思わず伸ばした直之の手の甲を、高塔は煙管でピシッと叩《たた》いた。

「アイタッ！」

「ええか、直之。ここにあるもんは、やたらさわったらアカンで。小っさいもんも大《お》っきいもんも、全部なんかの『意味』を待ってるもんやから、素人《しろうと》がうかつにさわったら、その『意味』が変わってまうかも知れんねや」

高塔が何を言っているのか、直之にはわからなかった。しかし、ここにあるものが何か特別なものなのだということはわかった。何か、不思議な波動のようなものを発している。それは、とても魅力的《みりょくてき》だった。

がまんしきれずに、直之は小さな木箱に手を伸ばした。木箱は、直之の手がふれたとたん、床《ゆか》に落ちて、中身をバラまいた。

「さわったらアカン〜〜〜、言うてるやろがっ！」

直之は、ベチンと頭をはたかれた。

「ご、ごめっ」

足元に散ったのは、いろんな色をした小さなかけらだった。ガラスの破片《はへん》のように見えた。直之は、しゃがみこんでそれを拾った。かけらは、透《す》き通った赤や黄色に輝《かがや》いていた。

「キレイや〜」

光にかざすと、それはまるで生きているようにキラキラと光った。

「これはな、人から取り出した『夢のかけら』や」

「人から……取り出した？　夢のかけら？」

「果たしたくても果たせんかった夢やな。プロ野球選手になりたかったけど、ケガをして野球そのものをやめてしもた、とか。歌手になりたくてオーディションにも受かったけど、家の事情で断念した、とかな。果たせんかったけど、失敗もせんかった夢の未来やから、きれいに輝いてるんや。これは夢の色、夢の輝きやな」

「そういうんって、人から取り出せるもんなん？　なんで取り出したん？」

「人によったらな、過ぎた夢いうんはツライもんなんや。諦《あきら》めようにも、よう諦めきられへん。いつまでもかなわん夢にすがりついて、前に進まれへん……。だからな、こうやって一番きれいなとこを取り出すんや。そしたらその夢の色はあせて、本人は諦めがつくっちゅーわけやネ」

「どうやって取り出すん？」

「寝《ね》てるあいだに、涙といっしょに外へ出る。それを拾うんや」

「誰《だれ》が？　師匠が？」

「小人《こびと》さんやがな」

「小人さん!?」

「小人さんはなぁ〜、そらぁ、あっちこっちにいっぱいおんねんで」

「ふーん？」

なんだかとってもウソ臭《くさ》いが、とりあえずこのまま話を続けようと、直之は思った。

「なんで師匠はこんなもん、持ってんのん？」

「なんでって、きれいやろ!?」

「ただ集めてるだけなんかい」

「コレクションと言いなさ〜い」

散らばったかけらの中に、黒色のものがあった。光にかざすと、深い海の中に光が射《さ》しこむようで、とても美しかった。しかし、それはただ美しいだけでなく、見つめていると切なくなるような色合いをしていた。

「これ……なんか、ほかのとちょっとちがう……」

「ほう。わかるか、直之」

高塔は、直之から黒いかけらを受けとって陽《ひ》にかざした。

「これはな、かなえられたはずの夢のかけらや」

「？」

「スポーツ選手になりたいとか歌手になりたいとか、そんなんやのうて、『好きな人と別れなかった自分』とか『親友を助けられた自分』とか、自分の力が足りんかったから、自分が悪かったからかなえられんかった夢のかけらなんや。きれいな夢やけど、そこには強い後悔《こうかい》っちゅー成分が入ってるから、ちょっと悲しい色してるやろ」

「……」

直之は、胸がきゅんと痛んだ。

「お父ちゃんの夢の色は……こんな色してるんかも……」

自分が悪かったのだと、いつもいつも直之に謝《あやま》る、まだ若い父。小さくて汚《きたな》い家で貧乏《びんぼう》しながらも、家族いっしょにいられたら幸せだったのに——。

その夢のかけらは、きっとこんなふうに、深い深い海の底のように、美しいが寂《さび》しい暗い色をしているに違いない。

「師匠《ししょう》……。うちにも小人さん来てくれんかな？　お父ちゃんから、夢のかけらを取ってあげてほしい……。俺、もうお母ちゃんのこと、気にしてないし……」

高塔は、直之の頭をなでた。

「そやな。そのうち行くかもな」

「ほんま?」

高塔は笑った。

それから高塔は、あらためて直之に言った。

「直之、この家にはな、こんな不思議なもんとか変なもんとか、変な人とか、不思議な生き物とかが出たり入ったり、あったりおったりする。それは、ここがそういう場所やからや。こういう場所は、あっちこっちにいっぱいある。神社や寺もそうや。トトロのおる鎮守《ちんじゅ》の森もそうや。ものすご変な場所かいうたら、そうでもない」

直之は、うなずいた。

「でも、ここでお前が見聞きするもんは、お前だけのもんや。胸に大事にしまっとくんやで。ネコバスを見られん奴にネコバスのこと言うても、アホかいなって言われるだけや」

「キヒヒッ、そやな」

直之は、不思議なガラクタの山を、トトロが横切った庭を、うれしそうに見つめた。

サツキやメイの家のような「オバケ屋敷」にいると思うと楽しくてワクワクした。

そして、高塔がこの家の秘密を明かしてくれたということは、すなわち自分を受け入れてくれたことの何よりの証拠《しょうこ》だということが、たまらなくうれしかった。

「ここで宿題してええ？　師匠」

「おお。でも、俺はよう教えんぞ。算数とか大嫌《きら》いや」

「ええー、なんで？　算数カンタンやん。あんなん、ただのパズルや」

直之は、ランドセルから算数と国語のドリルを出した。

「俺な〜、算数は大得意なんや。でも、国語とかアカンねん。だいぶ遅《おく》れてんねん。

三年生まで養護学級におったしな」

「病気のせいで発達が遅れてんやろ」

「うん。そんなこと言うとった」

「そのうち追いつけばええねん。人生は最後に笑《わろ》たもんの勝ちや」

と、高塔は煙管《きせる》の煙《けむり》を長く吐《は》いた。

「それええな！　それ、いただきや、師匠」

直之は、高塔の軽い言い方がとても気に入った。

宿題をする直之の様子は、なるほど算数の問題はスラスラとあざやかに解いてゆくのに対し、国語の場合は、簡単な問題でも一苦労しているようで、ずっと、う〜んう

～んとうなり続けていた。漢字を書くのもたどたどしく、文字も拙《つた》なかった。

「俺、漢字もあんまり覚えられんし、書くのも遅《おそ》いねん。テストの時、いっつも時間ないねん」

「大丈夫や。お前は関西人やし。書くのは遅うても、しゃべるのは人より三倍ぐらい早いはずや。それでチャラや」

「アハハハハ」

直之は笑った。大声で笑った。

しばらく居間を離れていた高塔が戻ってくると、国語のドリルにつっぷして、直之は眠《ねむ》っていた。

「安心して、気ぃゆるんだか」

高塔は軽く笑って、直之の小さな身体《からだ》を抱《だ》き上げた。座布団《ざぶとん》を枕《まくら》に、畳《たたみ》の上に寝かせる。

障子も襖も開けはなした部屋を、ゆるく風が抜《ぬ》けていった。庭のぼうぼうの草が、さらさらと鳴った。

その草の音を聞きながら、直之は涼《すず》しい草原で遊ぶ夢を見た。こんなに身体が軽く、いい気持ちになったのは本当に久しぶりで、この日のこの夢のことは、長く直之の記《き》憶《おく》に残った。

3

お化け屋《や》敷《しき》にて

Shitamachi
Fushigicyo monogatari

「とんだ縁《えにし》があったものよの。ひひひひ」

「こればっかりは、しゃーないわ。どうにもならん」

「……のわりには、楽しそうですね」

「運命は、いつも突然《とつぜん》だねえ」

「これはまた、なんと小さいこと。肉も骨もありゃしない」

「食べ物じゃありませんよ」

「このごろの人間は、臭《くさ》くていかんな」


「ハッ!!」

直之《なおゆき》は目をさました。

大勢の気配がしていたのだが、居間には誰《だれ》もいなかった。

空はすっかり黄昏色《たそがれいろ》で、一番星がきらめいている。

「うわ、遅《おそ》なってもた！」

「お、起きたか、ナオ。晩飯食うか？」

「……」

居間にあらわれた高塔《たかとう》を見て、一瞬《いっしゅん》ポカッと口を開いた直之だったが、すぐにうれしそうに笑った。

「食う！　……あ、でも……。師匠《ししょう》、電話貸して。遅《おそ》なるって言うとかな」

「おばあちゃんが心配するか？」

「おばぁより、お手伝いさんのハナちゃんが心配する」

直之は、高塔家の電話を見ておどろいた。

「うわーっ、黒電話やー！　俺《おれ》の前の家でもプッシュホンやったで、師匠」

「家の電話はこれでええねん。俺は携帯《けいたい》持ってるし」

高塔が自慢《じまん》げに見せた携帯電話は、最新式のモデルだった。

「なんかもう、バラバラやな、師匠」

直之は、黒電話のダイヤルをジーコジーコと回した。

「もしもし、ハナちゃん？　うん、俺。遅なってゴメン。今な、友だちの家におんね

ん。うん。昨日《きのう》言うたやろ、大阪の人に会うたって。その人の家。俺、晩飯食べて帰るし、もうちょっと遅なる。……うん。師匠、電話代《お》わってって」

「もしもし。友だちの高塔ですー。直之くんには、いつもお世話になってますー……って、昨日《きのう》会うたばっかりやっちゅーねん」

電話の向こうから、ハナちゃんの笑い声が聞こえた。

「え？　漫才師《まんざいし》みたいなしゃべりやって？　関西人はみんな漫才師みたいなんて、そんなことあらしまへんで～。俺、メチャメチャ標準語やしー」

ハナちゃんは、さらに大笑いしているようだ。

「ハナちゃん、笑い上戸《じょうご》やねん」

「そうみたいやな。引き笑いしてはるわ。ハナちゃーん、引き笑いしとったら窒息《ちっそく》するでぇ、息しいやぁ！　死んだら俺のせいになるやーん！」

電話の向こうから、ますます笑いころげる声が聞こえた。

高塔家の台所のちゃぶ台の上に並んだ夕飯を見て、直之は歓声《かんせい》を上げた。

「オムライスや――っ!!」

薄焼《うすや》き卵でくるんと包んだ、ケチャップ味のチキンライス。付け合わせは、乱切りされたキュウリ。じゃがいもとタマネギの味噌汁《みそしる》といっしょに。

「オムライスがそんなにうれしいか？」

「メッチャうれしい――！　メッチャ久しぶりや、オムライス食べるの！」

直之は、キラキラした目でオムライスを見つめた。

「今の家は、オムライスなんか出てきぃひんもん。なんか……なんか、ごっつええもんみたいやけど……あんまりおいしいと思わん。魚の煮《に》たのとかも、好きなんやけど」

「おばあちゃんに合わせて、薄味なんやろな。そうか、オムライスは出してくれへんか……」

高塔は、ドンとケチャップをおいた。

「オムライスは、やっぱりケチャップかけなな！」

直之は大喜びで、黄色いキャンバスにケチャップで絵を描《えが》いた。

「トトロ、大中小や！」

高塔は、「たかとう」と書いてハートマークをつけた。

「うまーい！　師匠、料理うまいんやん！」

「簡単なもんしか、よう作らんけどな」

「味噌汁もうまい。じゃがいもホックホクや。オムライスに合うねんな」

「味噌汁は何にでも合うで。万能《ばんのう》料理や」

「キュウリにマヨネーズかけて食べるのも久しぶりや」

「家じゃ、マヨネーズで食べへんのか？」

「ドレッシングやがな。フレンチとか、サザーンなんとかドレッシングや」

「さよか」

楽しそうに食べていた直之だが、直之がまだ半分も食べていないのに、もう食べ終わって煙管《きせる》を吹かす高塔を見て、心配そうに言った。

「俺……食べるん遅い？」

「いや？　ゆっくり食べてええで。味噌汁はおかわりあるからな」

「うん」

直之は、オムライスの一粒《つぶ》一粒まで丁寧《ていねい》にすくって食べた。その様子は、いかにものたのたとしたものだったが、高塔も煙草《たばこ》を吹かし、コーヒーを飲んでのんびりしていた。直之は学校でのこと、耕太《こうた》とのことなどを話しながら食べた。

「あー、うまかった！　ごっそーさん！」

「よろしゅうおあがり。皿を流しに持ってって、水につけといてや」

「うん！」

直之は、なんだか満足感でいっぱいだった。久しぶりに大好きでうまいものを腹いっぱい食べた……それだけでないうれしさが、身体《からだ》中に満ちていた。

「さて。すっかり遅なってしもたし。そろそろ帰り、ナオ。車呼んどいた」

「ネコバスか!?」

夕闇《ゆうやみ》に染まったせまい路地の幅《はば》いっぱいいっぱいに、白いタクシーが止まっていた。

「なぁんや、タクシーか」

「贔屓《ひいき》の車やから、お代は払《はら》わんでええからな。家の玄関《げんかん》の前まで、ちゃんと乗っていくんやで」

「うん。ありがとう、師匠。ごちそーさんでした」

「ほな、また明日《あした》」

高塔にそう言われて、直之の顔が輝《かがや》いた。

「また明日《あした》――!」

車の窓から、直之はブンブンと手をふる。

「あぶないから窓から手ぇ出すな、コラ! 道せまいんやから!」

自分を見送る高塔の着物姿が、直之の目に焼きつくようだった。直之はいつまでも、車のうしろの窓から遠くなる下町《したまち》を見つめていた。

不思議な人の、不思議な家だった。オバケを見られておもしろかった。しかしそれ以上に、直之の胸をうめつくす喜びは、自分の居場所が得られたことと、高塔といっしょに夕飯を食べたこと。時間が、ゆっくりと流れていた。

「師匠のオムライス……今までで一番うまいオムライスやった。明日《あした》から……師匠の家へ行ってええねや。毎日でも行ってええねや。もう、あっちこっちウロウロせんでええねや」

そう思うと、直之はたまらなくうれしくてうれしくて、その夜遅くに帰ってきた父に、さっそく話をした。

「その……高塔さんというのは、関西の人なのか」

父、宏尚《ひろなお》は、直之のベッドのかたわらに座り、話を聞いてくれた。

「バリバリ関西人や。俺、師匠の関西弁聞いた時、メッチャうれしかった～」

物静かな父は、うすく笑った。

「その……大丈夫な人なんだろうな？　いや、こんなこと思うのは失礼かもしれないが」

「う～ん、ちょっと怪《あや》しいけど」

「あ、怪しい？」

「あ、ううん。そんな意味やのうて……エへへ。師匠は大丈夫な人や。だって、一番最初会《お》うた時は『今日は帰れ』って言うてんで？　変な人やったら、そんなこと言わんやろ？」

「う、う～ん、そうかも」

「なあ、お父ちゃん。俺、学校終わったら、毎日師匠の家へ行ってもええやろ？」

直之がそう望む理由が、父の胸をしめつける。

厳格な女主人である祖母清乃《きよの》が、すべてをきびしく取りしきっているこの家で、その清乃が目の仇《かたき》にしている女の子どもである直之が、父のいないあいだどんな思いでいるのか。それでも、この家にいれば十分な生活をさせてやれる。高い教育を受けさせてやれる。何よりも、直之がまた病気をしたとしても、すぐに最高の手当てをしてやれる。相反《あいはん》する思いのあいだで、宏尚の毎日は苦渋《くじゅう》に満ちていた。

「その人のところが……いいのか」

「うん。あのな……」

直之はこそこそと、耳打ちするように言った。

「師匠の家はな、トトロの家みたいなんや」

「トトロの家?」

「サツキとメイの家や」

「??」

「子どもにとってはな、特別な場所なんや。俺がこっちへ引《ひ》っ越《こ》してきたからこそ、行けた場所なんや。サツキみたいに。俺ははじめて、こっちへ引っ越してきてよかったと思たで」

直之は腕《うで》を組んで、うんうんとうなずく。

宏尚は、小さくため息をついた。

「なんだかわけわかんないけど……。お前がそう思うんなら、いいよ」

直之の表情がこんなに輝いているのは久しぶりだと、そう感じて父は切なくなった。

大人の事情にふりまわされ続けた直之。元気にふるまってはいるが、その表情はけっして純真な子どものものではなかった。たくさんの我慢《がまん》を重ね、どこかで無理をしている、まだ十二歳《さい》の我《わ》が子。そう強《し》いているのは、実家へと舞《ま》い戻《もど》らざるをえなかった自分のせいだと、直之には謝《あやま》っても謝りきれない宏尚だった。

「おみやげを用意するから、明日《あした》はそれを持って行きなさい。お世話になりますって、ちゃんとご挨拶《あいさつ》するんだぞ」

「うん！」


翌日。いつものようにからんでくる耕太を、いつもよりコテンパンにやっつけて、直之は学校を飛び出していった。

「須田《すだ》くん、今日は朝からいちだんと元気だったね」

ツバメのように校庭を走ってゆく直之を、女の子たちが教室の窓から見ていた。

「師匠――っ、お世話になります――っ!!」

まっすぐ高塔の家へやってきた直之は、開けっぱなしの玄関へ突入《とつにゅう》した。

そこに、見なれない者がいた。

黒いゴーグルをし、顔半分を布でかくし、マントをはおった姿。その左右の腰《こし》には拳銃《けんじゅう》、背中にはライフル。まるで、西部劇にでも出てきそうな……。

（ガンマン！　ガンマンや!!　カッコええ〰〰〰！　でも、ありえへん!!）

ガンマンは、直之のほうをチラリと見たようにも思えたが、そのまま玄関を出てゆき、そのまま路地を歩いていった。そのうしろ姿を見送って、直之はしみじみと言った。

「……………ありえへん……」

「オー、直之。さっそく来たんか」

居間にいた高塔は苦笑いした。

「毎日来るで？　そう言うたやん」

「はいはい。そやったな」

「玄関にガンマンがおったぞ」

「ああ、俺《おれ》の知り合いや。近くまで来たんでな、寄ったんやて」

事もなげに、高塔は言う。

「知り合いにガンマンがおんのんか、師匠《ししょう》……」

「そうや、カッコええやろ」

煙管《きせる》の煙《けむり》を吐《は》いて、高塔はフフンと笑った。

「……うん。カッコええ」

なんでもありなんだな……と、直之は思った。

「これ、お父ちゃんから」

「ほぉお、すごいやん。老舗和菓子《しにせわがし》屋の高級羊羹《ようかん》！　高いで〜、これ。さすが金持ちのボッチャンは違《ちが》うなぁ。しつけが行きとどいてはるわ」

「でも、お父ちゃんカイショーナシやで？」

高塔は「ブハッ！」と吹《ふ》き出した。

「金持ちの家で育っても、金をもうける才能があるかどうかは別やもんな。ナオのお父ちゃんは才能ないねんな」

「ないんとちゃうか。前のとこにおった時も、お父ちゃんの稼《かせ》ぎがない〜って、お母ちゃんがしょっちゅう言うとった」

「今はお父ちゃんは、実家関係のとこへ勤めてはんの？　実家は会社とか、いくつも持ってんねやろ？」

「うん。でも、お父ちゃんは別のとこで働いてるみたいやで？　なんや、フツーの事務とかみたいやし」

「駆《か》け落ちで家飛び出して、子ども連れて戻ってきて、この上家関係の仕事にはつきづらいか。ほかのもんに示しがつかんわな」

「毎日残業で、遅《おそ》〜う帰ってくる」

「あんまり有能でもないんかナ」

高塔は、羊羹《ようかん》を二本とも一口大に切った。

「お父ちゃん、お金は持ってんねんけどな。でも自由に使われへんねやて」

「おじいちゃんが亡《な》くなった時に、財産分与されてんな。成人してるから自由に使えるはずやけどなぁ。お父ちゃんに兄弟はおんのか？」

「お姉ちゃんがおるって言うとったなぁ」

「お姉ちゃんは、嫁《よめ》ってんか？」

「そうちゃう？　家におらんで。なんか、ケーレツのとこで働いてるらしいわ」

「なるほど。旦那《だんな》が系列会社の一つを任されてるってとこやな。ふ〜ん……。けど、肝心《かんじん》の後継《あとつ》ぎが頼《たよ》りにならんのは、おばあちゃんにとって頭の痛い話やろなぁ。なんかこう……話を聞くと、名家のお嬢《じょう》さんが名家へ嫁《とつ》いで、名家を支えてきました〜、みたいな人みたいやし？　きびしいのは、自分もそうやって教育されてきたからやろ」

「おばぁが笑ったとこなんて、見たことない。いっつも文句言いよる。しゃべり方直せとか、廊下《ろうか》走るなとか、大声出すなとか、食べ物残すなとか。食べられへんもんは、食べられへんのじゃ！　鼻にツーンってくるもんなんか食べられへん！　味のないもんも嫌《きら》いや！」

高塔は大笑いした。

「大葉《おおば》とか山椒《さんしょう》とかな。年寄りのおる金持ちの家や。ふつうの食事でも、懐石《かいせき》みたいなもんが出るんやろなぁ。確かに、子どもには美味《うま》ないやろなぁ」

「しゃべり方も、絶対直したれへん！」

いつ見てもムッツリとして、眉間《みけん》に深いしわをよせている祖母。直之に対してだけでなく、祖母の人を見る目は常ににらむようで、口調はきびしい。

「なんでおばぁは、あんなに機嫌《きげん》悪いんや。なんか楽しいこととかないんか？　やっぱり、俺のせいなんか？」

「旦那が死んで、自分が財産を守らなあかんプレッシャー背負ってんねや、おばあちゃんも。ナオは数字に強いんやさかいに、お父ちゃんのかわりに、財産守ったったらええねん」

「そんなこと、あのおばぁがさせるかいな」

直之は、羊羹《ようかん》に手を伸《の》ばした。すると、並んだ羊羹《ようかん》の上に、何本もの手が見えた。

「ハッ!!」

として顔を上げると、そこには誰《だれ》もいなかった。またハッとして下を向くと、羊羹《ようかん》はあらかたなくなっていた。

「…………」

直之はキョロキョロした。

高塔は、煙管を吹かしていた。

「お茶でもいれよか」

「……うん」

直之は羊羹《ようかん》をもぐもぐと食べた。さすが高級品らしく、たいへん美味《びみ》であった。

その日も、直之は高塔としゃべりつつ宿題などをして過ごした。

家にいる時は、直之は宿題はいつも夕食後に自分の部屋でやる。寝《ね》る時間まであまり時間もないのに、ひとりでぽつんとしていると、ただでさえはかどらない国語の宿題など、ますますもって進まず、直之は頭をかかえていた。

だが、高塔の家でこうしてときおり高塔としゃべりながら宿題に取り組むと、不思議と気楽に問題と向き合える気がした。

「やっぱり国語とかは苦手やけど……、あんまりわからんくて泣けてくる、みたいな感じがしぃひん。わからんかったらええか、って思う」

「何言うてん。わからんかったらええやん。明日《あした》、先生に訊《き》いたらええだけの話や」

「そやんな！」

「で、これは『わからんくて先生に訊いた問題』って、覚えるわけや」

高塔は、煙管を吹かしながらブ厚い本を読んでいた。いかにも難しそうな、紙面が漢字で真っ黒な本だった。

「……俺も、そんな本読めるようになれる？」

そう言う直之は、またすがるような目をしていた。

高塔は、本をおいて直之に向き直った。

「直之、人より遅《おく》れてること、気にせんでええんやで」

直之は、また高塔に心を読まれたのだと思った。

「そらぁ、お前は同《おんな》じ年齢《とし》の子からしたら、身体《からだ》の発達も頭の発達も遅れてるやろ。けど、それがどないしたん？　病気しててんから当たり前やん」

「うん」

「でな。ここが大事なとこやで、ナオ。お前のそういう事情を知らん奴《やつ》からしたら、お前は遅れてるなぁと思うのも、当たり前のことなんや。当たり前のことなんやから、お前がことさら気にすることでもないねん」

直之が、はじめて聞く話だった。

「そういう奴に、お前は『俺、病気してて発達が遅れてるんや』と言う必要はない。

お前は、病気をして発達が遅れているのが、今のお前の自然な姿で、お前のそういう事情を察するのは、相手の仕事や。相手が頭のええ奴なら、何か事情がありそうやなとわかってくれるし、頭の悪い奴は、お前が事情を説明したところでわかってくれへん。どの道、お前は何も気にせんと、今のお前らしく堂々としてればええんや」

「……」

直之は、なんだか頭の中がスッキリするような気がした。そう言えば、クラスの女の子たちは、直之の事情をなんとなくわかってくれているような感じだし、耕太は、わかっていてなおバカにしてくる感じだ。

「そうか……。そうなんや」

「お前は、ゆっくり遅れた分を取りもどしたらええし、人とはいつかわかり合えれば、それでええねん」

直之は、力強くうなずいた。

「うん。わかった、師匠！」

「ほな、宿題やってしまい。終わったら、晩飯のサンマ焼くでぇ〜」

「ラジャッ！」

4

不思議町の仲間たち

Shitamachi
Fushigicyo monogatari

宿題をおえた直之《なおゆき》が、台所で大きな鍋《なべ》のふたを開けると、なんともうまそうな匂《にお》いが立ちのぼった。

「うわっ、うまそうー、コレ！」

「大根と手羽《てば》の炊《た》いたやつや。昼間作っといてん。味が染《しゅん》で美味《うま》なっとるで～」

高塔《たかとう》は、庭に七輪《しちりん》を出し、サンマを焼いた。直之は七輪の火を団扇《うちわ》であおいだ。

「そうそう、パタパタしぃ。パタパタ」

サンマから脂《あぶら》がたれて、もうもうと煙《けむり》が上がった。

「ゲホゲホゲホ」

「よーしよし、ええ感じや。パタパタやめ～」

「ごっつジュージューいうてる～。ええ匂い～！」

「う～ん、うまそう～！」

と、生垣《いけがき》の外から声がした。茶髪《ちゃぱつ》に丸メガネ、ジージャンの上下に銀のアクセをつけた男がいた。

「あ、喫茶店《きっさてん》におった人や」

「おー、古本屋さん」

「さっそく来てんのか、直之。どうだ？　師匠《ししょう》ん家《ち》は、おもしろいだろ」

「うん！　メッチャおもろい!!」

直之の全開の笑顔に、古本屋も笑った。

「サンマにこいつを加えて、一杯《いっぱい》どうだい、修繕屋《しゅうぜんや》さん？」

古本屋は、高塔に包みを渡した。

「おおっ、刺身《さしみ》や！　カレイ？」

「スズキ」

「旬《しゅん》やねぇ～！　刺身や、刺身や～！」

「刺身や、刺身やー！」

直之と高塔は、手をつないでクルクル回った。

「すでに、いいコンビになってるね」

古本屋は感心した。

居間のテーブルにごちそうの乗った皿をならべて、まだまだ明るい黄昏《たそがれ》の庭をながめながら、みんなで晩飯を食べた。

焼きたてのサンマも、脂のよく乗ったスズキの刺身も、手羽の旨味《うまみ》のよく染《し》みた大根もうまかった。うまいものをみんなで食べることが、直之はうれしかった。

直之は、あいかわらず、もたもたと食べるのに時間がかかるが、大人二人は酒を片手に、さらにダラダラと時間をかけて飲み食いした。また、直之が箸《はし》をすべらせてテーブルに落とした刺身を、

「三秒以内なら大丈夫や！　拾え！　手でつまめ！」

と高塔が言い、直之は手でわしづかみにして口へ放りこんだ。古本屋は苦笑いした。

「いいけどぉ～。ソレ、よそでやるなよ、直之?!」

「えへへ」

直之も食べながら笑った。

「師匠、サンマの苦いとこ残してええ?」

「おお、古本屋のオッチャンに食べてもらい」

「あ、俺《おれ》も嫌《きら》いだから」

「え～～っ?! あんた、そんな子どもみたいな。酒呑《さけの》みのくせに」

「この内臓そのものの苦味ってか、臭《くさ》みが苦手でねぇ。うちの賄《まかな》いさんだと、うまく料理してくれるんだけど～」

「サンマの腸《はらわた》ぐらい、そのまま食えや～」

「大人でも食べられへんもんがあんのん？」

「そりゃあるサー。こうは言っても、修繕屋さんだってパクチーが食えないんだぜ？」

「あー、あれはアカン！ 絶対食われへん！」

「ぱくちーって何？」

「ナオかって、鼻にツーンってくるやつ嫌いやろ？ あんなんや。匂いのある草や」

「師匠もツーンってするやつ、アカンねや」

「アカンなあ。俺、ハーブ系アカンわ～。昔っから苦手や」

「大人になっても、食べられへんもんもあんねんなぁ」

と、不思議そうに直之は言う。

「大人が好き嫌いがないなんて思ったら大間違《おおまちが》いだぜ、直之。大人になれば食えるよいものもあるし、大人になっても、食えないものは食えないんだ。今好き嫌いがあっても、気にすることないぜ?! 大人が『好き嫌いはいけません』って言うのはだな、アリャ建前《たてまえ》だよ、建前」


古本屋の言葉に、直之はうれしそうにうなずいた。

薄蒼《うすあお》い空に浮《う》かぶ雲が、オレンジに染まっていた。

ゆるゆると夕闇《ゆうやみ》に落ちてゆく庭。ガサガサ、ガサガサと、何者かが行きかっている音がする。

突然《とつぜん》、襖《ふすま》の表面をすべるように、大きな黒い影《かげ》が横切っていった。

「うおっ、びっくりした!!」

直之が飛び上がった。

「あいかわらず、化け物屋敷《やしき》だな〜」

古本屋は笑い、高塔は肩《かた》をすくめる。

「あんたに言われとないわ〜。あんたの家のほうが、よっぽど化け物屋敷やっちゅーねん」

「オッチャンの家も、オバケがおんのん?」

「いるよ～。ウッジャウッジャいるよ～」

「こういう場所は、あちこちにあるって言うたやろ、ナオ」

直之が、食器を流しへ運んで居間へ帰ってくると、古本屋は持ってきたトランクを開けて、高塔と何やら話しこんでいた。トランクの中身は本だった。

「オッチャン、本のセールスマンなんか」

「セールスマンか！　ハハハッ、それはそうだよな」

「セールスマンと言われると、なんや感じ出らんなぁ。やっぱり言葉は重要やねー」

トランクの中のいろんな表紙の本を見ていると、直之は、この家においてある不思議なガラクタと同じような波動を感じた。

「やたらとさわるなよ、噛《か》まれるぞ」

と、古本屋がニヤリとする。直之は、やっぱりと思った。

(師匠の連れ……、あの喫茶店に集まるオッチャンらも、みんな師匠みたいな不思議な人なんや。こういう場所も人も、いっぱいあんねんや)

そう思うと、直之の小さな胸はときめいた。

「直之は、本が好きかい？」

直之は首をふった。

「俺、あんまり漢字とか読まれへんし……。辞書引くのも苦手や」

「いいものをやろう」

古本屋は、本の中から一冊を選び、直之に渡した。ぶ厚いハードカバーだった。中を開くと、挿絵《さしえ》は多いものの字はけっこう細かく、漢字も多く、ふりがなは打たれていなかった。

「おもしろい話ばっかりだぜ」

「こんなん読まれへん！」

古本屋は頭をふった。

「これはな、直之。指で読むんだよ」

「指で?!」

「目の不自由な人が、点字《てんじ》の本を読むのを見たことがあるか？」

古本屋はそう言いながら本を広げ、直之の手をとると、指先で文章をなぞるように動かしてみせた。

「こうして、指先で文字をなぞると、お前の頭の中に文章が文字と音で入ってくる。

読めない漢字も、文章の前後で意味がわかることもあるし、読み方がわかると辞書も引けるだろ?!」

「……」

「ここに書かれているのは、とびきりおもしろい話ばかりだ。お前は苦手な辞書を引いてでも、かならず読みたくなる。どんどん読みたくなる～」

古本屋は、呪文《じゅもん》のように直之に言い聞かせた。直之は、目をパチクリさせていた。

高塔は、笑っていた。


夕食後、高塔は今夜もタクシーを呼んだ。

「本、ありがとう。古本屋のオッチャーン!」

タクシーの窓から、直之は元気に手をふって帰っていった。

「窓から手ぇ出すなっちゅーとんや!」

直之を見送ってから、高塔は直之の家へ電話した。

「もしもし? ああ、ハナちゃん? 俺、高塔～。夜分《やぶん》、おじゃましまんねやわ～」

電話の向こうから笑い声が聞こえた。

「ナオ、今帰ったし。うん、いやいや。全然かまへんで。ナオが食べる量なんて、たかが知れとるし」

報告を終えた高塔に、古本屋が言った。

「ちゃんと、カエッタコールをしてるんだ、修繕屋さん。マメじゃん」

「こっからナオの家までは、そんなに遠《とお》ないけど、それでも家族は心配やろしな。ナオに目が届かんということがな」

高塔は煙管《きせる》の煙《けむり》を長く吐《は》いた。

「ここにおるかぎりは心配ないけど、ここ以外じゃ、夜遅《おそ》くに子どもをひとり歩きさせられへん。ホンマ、物騒《ぶっそう》な世の中になったもんやで。どこでどんなヤツが女子ども狙《ねろ》てるか、人間はわからんから、厄介《やっかい》やわ」

「そうだね。都会じゃ特に空気がよどんでいるから、それに同化してる人間の波動はわかりにくいね」

古本屋も、チビた煙草《たばこ》をため息のように吹かした。

雨が近いのか、暮れたばかりの夜闇は湿気《しっけ》を帯びている。

静かな下町の家々にも灯《あか》りがともり、夕餉《ゆうげ》の匂《にお》いが漂っていた。

数日後。

「例の本は読めるようになったかい、直之？」

猫《ねこ》のいる喫茶店《きっさてん》でアイスクリームを食べながら、直之と高塔は常連客らとおしゃべりしていた。

「ううん、まだ。でもな、もうちょっとって感じがすんねん。もうちょっとで手が届く〜ってとこまで来てる感じや！」

直之はうれしそうに言った。

ここ毎日、直之は家に帰ると、寝《ね》る前に古本屋にもらった本を読んでいた。言われた通りに、文章を指でなぞってみるが、最初は何もわからなかった。ただ指に紙の感触《かんしょく》が伝わるだけだった。

しかし、どれほどページをなぞっただろうか。ある時、直之は何か感じるものがあった。

「んん？」

目を閉じると、脳みその奥《おく》のほうがモヤモヤとするような奇妙《きみょう》な感覚を覚えた。

「なんやろ、これ……。なんかこう……なんかこう……、なんかわかりそうな……」

モヤモヤとした感覚の向こうにある何かに、手が届きそうで届かない。直之は、懸《けん》命《めい》にさぐり続けた。そして、そうしたあとはなんだかとても疲《つか》れて、直之はぐっすりと眠《ねむ》った。

「なんかなぁ、頭メチャメチャ使《つこ》てる気がすんねん」

「がんばりすぎて知恵熱《ちえねつ》出すなよ」

皆《みな》が笑った。

そこへ、喫茶店のドアが開き、スーツ姿の男が入ってきた。直之がはじめて見る顔だった。

「おー、ポチやん！　久しぶり～」

高塔が軽く声をかける。

男は顔色が悪く、だるそうに言った。

「俺は、犬塚《いぬづか》！」

「アハハ、犬やからポチ？　そのまンまやん」

直之が笑った。

「何、この子？　高塔さんの隠《かく》し子かい？」

「んー、惜《お》しいなあ！　押しかけ弟子《でし》の直之や」

「惜しくないじゃん」

「よろしゅう頼《たの》んます～。押しかけ弟子の直之いいます～」

「関西人って、どうしてこう漫才師《まんざいし》口調なんだ……」

カウンター席に力なく座った犬塚を見て、客のひとりが言った。

「おいおい、犬塚さん。またえらいものを引きずってるねぇ」

「ああ、そうなんだ。誰《だれ》か取ってくれ。重くてかなわん」

「引きずってる？」

直之は、犬塚の足元を見てみた。

犬塚の足元から、まるで影のように黒いものが床《ゆか》に延《の》びていた。

「な、なんや、これ……？」

それは、まるでアニメのようだった。人の形をした真っ黒い、まさに影。それが、犬塚の足からドアに向かって長々と延びている。しかし、犬塚の影であるはずはない。

照明は上から当たっているので、犬塚の影は皆の影と同じく、足元に落ちている。

招き猫の置物のあいだにいる猫たちが、その影をにらむように見ていた。

影が、ぱちっと目を開いた。


「ひゃあっ!!」

直之は高塔に抱《だ》きついた。

影は床の上で、目玉をギロギロと動かした。

「オバケや……!　トトロとかとちゃう、ほんまもんのオバケや!」

「ははは。トトロじゃない本物のオバケって、かわいい定義だな」

犬塚は力なく笑った。

「う〜ん、正確には幽霊《ゆうれい》ともちゃうな、コレは」

「念だね」

高塔たちは、特に騒《さわ》ぐこともなく話した。

「どこで拾ってきたんだい、こんなもの?　犬塚さん」

「わっかんねーよ、今日はあちこち歩き回って……。クラブも風俗店《ふうぞくてん》も何軒《なんげん》も行ったし」

「フーゾク店って、エッチな店のことやろ?!」

直之がそう言うと、高塔もほかの連中も大笑いした。

「お前もそのうち行くやろけど、まだ早いなあ」

「そういう情報は、もう知ってるんだなあ。小六だろ?!」

「エッチな店ってことぐらいは知ってるって。小学生がホームページを運営する時代だぜ?」

「早く取ってくれ～」

「犬塚さんはな、新宿署の刑事《けいじ》さんや」

と、高塔が直之に言った。

「刑事さんなんか！　カッコええ」

「ドーモ。早く取ってくれって」

常連のひとりが、新聞紙で人形《ひとがた》を作り、それを影《かげ》の上にポイと投げた。

するとと、影がじわじわとうごめき、するすると人形に吸いこまれていった。

「おお?!」

直之は目を見はった。

影が人形に吸いこまれてしまうと、高塔が人形の上で煙管をポンと叩《たた》いた。煙管の火が人形に落ちたとたん、それは、ボッ!! と一瞬《いっしゅん》で燃え上がり、わずかな灰を散らして消え去った。

「あー、楽になった。サンキュウ」

犬塚は首を回し、両足をさすった。

「す、すっげー! 手品みたいや!」

直之の正直な感想に、高塔と人形を作った男は笑った。

「オバケはどうなったん?」

「もういないよ。人形といっしょに燃えてなくなっちゃったんだ」

「オバケ退治や! スゲー!!」

「この刑事さんは霊媒《れいばい》体質っちゅーてな、オバケを引きつける体質してはんねん」

「引きつける?」

直之は目玉をクリクリさせながら犬塚を見た。高塔や常連客たちとちがい、ふつうの人間のように見えた。

「オバケにモテるっちゅーわけやな。あっちこっちのオバケやら妖怪《ようかい》やらが『あ、犬塚さんやわ！　今日も素敵〜』『ああん、あたしもいっしょに連れてってぇな〜』みたいに、くっついてきてまうんや」

「そらぁ、ようおモテになって、うらやましいことですな」

客たちが、どっと笑う。

「人をネタに漫才してんじゃねぇよ、関西人!!」

犬塚は顔色もよくなり、すっかり元気になっていた。

「漫才とちゃうー。ふつうの会話やー」

不思議町の仲間にまた一人出会えて、直之はうれしかった。

「お、今日は晩飯食えへんのか、ナオ？」

宿題を終えると帰り仕度を始めた直之を見て、高塔は言った。直之は、残念そうにうなずいた。

「お父ちゃんがな、あんまりよそさまでばっかり食べてたら、おばぁが文句言いよるかもしらんって。そやから、三日にいっぺんは家で食うことにした」

高塔は苦笑いした。

「なるほどなぁ。お前も大変やな。いろんなことに気ぃつこて」

「ホンマ、肩《かた》こりますわ」

直之は、肩をぽんぽんと叩《たた》く。

「でもまぁ、飯はホンマは自分ちで家族と食うのが自然やからな。それが基本っちゅーことは、頭のすみっこに入れときや」

と、高塔は言った。

「…………ん」

直之は、こくりとうなずいた。


はじめて高塔の家で過ごした日以来十日ぶりに、直之は家で祖母と夕食をとった。もっともこの十日間、祖母清乃《きよの》も外食が多かったようだが。

須田《すだ》家が手がける事業のすべてを直接仕切っているわけではないが、いくつもある須田の会社はもちろん、地元の経済界などへの清乃の影響力や権力は強大で、あちらの会合、こちらの集会に顔を出さねばならない清乃は、たいへん忙《いそが》しい人だった。

直之が久々に見る夕食の膳《ぜん》は、やはりいつものように「高級な日本料理」そのものだった。

細長い皿に三種類の和え物《あえもの》が上品に盛られている。刺身《さしみ》の下には笹《ささ》の葉が敷《し》かれている。天ぷらは、揚《あ》げたてが竹籠《たけかご》に入れられて出される。飯は、季節のおこわが小さな檜《ひのき》の枡《ます》で出てくる。どれも、少量、薄味《うすあじ》、そして直之からすれば「大人の味」だった。

「天ぷらは、天つゆで食べたい～」

と、直之は、天ぷらにそえられた抹茶《まっちゃ》塩をうらめしく見た。

大きなテーブルの向こう側に座った祖母。きっちりと髪《かみ》を結《ゆ》い上げ、きっちりと着物を着こんだ、これでも普段着《ふだんぎ》の姿。背筋をピンと伸ばして、黙々《もくもく》と食を進めている。

時折、もたもたと食べている直之をジロリとにらんだ。

「食べ物をこぼすなんて、この子はいくつになったのかねぇ。来年中学に上がるなんて、思えやしない」

清乃は、大きくため息をついた。

「このごろ、ずっと友だちの家へ行っているそうだね。それはまぁ、かまわないけども。お前にも、やっとこっちの友だちができたんだからねぇ。そのうち、その言葉も直るかもしれない。でも、そのお宅でも、そんなみっともない食べ方をしているんじゃあるまいね、直之？　須田の子どもがしつけもなっていないと笑われるのは、あたしなんだよ」

直之は、

「師匠《ししょう》はそんなこと言えへんわ!!」

と叫《さけ》びたかった。しかし、ここでヘタに反論などしてはいけないと思った。

「……だ……大丈夫」

しぼりだすように、直之は言った。

「あたしに恥《はじ》をかかすのは、お前の父親だけで充分《じゅうぶん》だからね。肝《きも》に銘《めい》じておくんだよ」

「…………」

揚げたてのエビの天ぷらだったが、直之には砂を噛《か》むようだった。

　この十日間高塔たちと過ごしてきて、直之はあらためて思った。この家で、祖母とかこむ食卓《しょくたく》のいかに寒々しいかを。

「師匠は、家族で食べるのが自然や言うたけど……。お父ちゃんのおらん、おばぁだけと食べるご飯なんて自然や思われへん。……おばぁが家族やなんて思われへんもん。おばぁが、俺《おれ》のこと家族やなんて思ってへんもん」

　そう感じるのはさびしかったが、直之はそれでもかまわないと思った。

「俺には、お父ちゃんと師匠らがおるもん。それで充分や！」

　十日前には、祖母のことを思うと胸が痛んだ直之だったが、今はもうそうではないことが、直之の自信となっていた。

　そしてその夜、いつものように寝《ね》る前に古本屋からもらった「魔法《まほう》の本」を読んでいると、直之の頭の中にパァッと言葉が飛びこんできた。

「あ……！　あ!!　読めた!!」

　古本屋が言った通り、頭の中に指でなぞった部分の文字が見え、音が感じられた。

「うわ、スゴイ！　スゴイ〰〰〰!!」

　その驚異《きょうい》の体験に、直之は震えながら文章をどんどんなぞった。言葉の意味は後回しにして、とにかく文章を感じたかった。

その時、ドアが開いて父、宏尚《ひろなお》が入ってきた。

「あ、また夜ふかししてるな」

「あ、お父ちゃん、お帰り〜」

「勉強してたのか？　ひょっとして??」

「なんでそんなにびっくりするん？」

「はは、ごめん」

「本読んでてん」

「ずいぶん立派な本だな。こんな難しそうなものを、お前が読んでるって？」

「えと……、そのうち読めるようになるって、師匠の友だちの本屋さんがくれてん」

嘘《うそ》は言っていない。

「へぇ〜……。そうそう、今日な、たまたま外に出ることがあって、高塔さんちのそばまで行ったんだけど」

「ホンマ?!」

「それが……どうしても家がわからなくてさ」

宏尚はそう言うと、メモ用紙に地図を書いた。

「ここの、この筋を入るんだろ？」

「うん、そうや」

「おかしいなあ……。お前が言うような下町《したまち》って感じの場所に……『ふしみ町』だっけ？　そこに出なくてさぁ」

「お父ちゃん、道まちがえたんやろ」

「ええ？　そうかなぁ？　やっぱりそうかなぁ？　でもなあ……」

宏尚は納得《なっとく》できないと、首をかしげ続けた。

「あ、そうか。わかった！」

直之は手を叩いた。

「俺、前に言うたやろ。師匠のおる町は、子どもにとったら特別な場所やって」

「ん？　うん」

「トトロの家に、サツキは最初は行かれへんかったやん。あれといっしょや。お父ちゃんも、そう簡単にはあの町へは行かれへんねん」

直之は鼻の穴をふくらませて、得意げに言った。宏尚は、わけがわからなかった。

「お父ちゃんがあの町へ行くには、メイをさがす時のサツキみたいに、ものすご純真な子どもみたいにならなアカンねん！」

宏尚は、肩をすくめて苦笑いした。

「高塔さんちは、楽しいか？」

「うん！　あのな、師匠んちはな、時間がゆっくり流れんねん」

「時間が？」

直之はうなずいた。

「なんかなぁ、宿題してててもご飯食べてても、ゆ〜っくりしてられるねん。学校にお る時は、授業中もテスト中も時間なくてあせってばっかりやねん、俺。給食の時も、早《は》よ食べな、ゴン太がじゃましにくるし。先生がおってくれるけど、それでも早よ食べなーって、あせるねん。この家でも、ご飯食べる時はあせるんや。こぼしたりしたらアカンし」

高塔の家にある物や人の不思議や、魔法の本や妖怪退治の驚異も、もちろん直之にとっては胸の高鳴る体験だった。別世界を垣間《かいま》見《み》ているのだから。ふつうの者には経験しようのないものなのだから。その「特別」に、小さな胸は高鳴る。

しかしそれ以上に、高塔の家で、高塔のそばで、ゆるゆると優《やさ》しく流れる時間の中で漂《ただよ》うようにしていられることが、直之にとって大事なことだった。そんな、なんでもないことのほうが、直之はうれしかったりした。

「師匠んちは、何してもゆっくりしてられるんや。宿題でわからんとこあってもあせれへん。ご飯をこぼしてもあせれへん。師匠は酒呑《の》む時なんか、俺より食べるん遅《おそ》いんやで」

直之のその素朴《そぼく》な喜びは、父にも伝わった。宏尚は話を聞きながら、直之の手をぎゅっとにぎっていた。

「お父ちゃん、知ってた？　イタスパってあったやん。近所の喫茶店《きっさてん》に。あれ、こっちにないねんで！　こっちはな、ナポリタンって言うねんて！　あ、そうか。お父ちゃんは、もともとこっちの人やった！　アハハ」

笑って話す直之につられて笑ったら、宏尚はなんだか泣けてきそうになった。こんな、どうでもいいような話を、直之は高塔と楽しげにしているのだ。そんなことが、直之は楽しいのだ。

「日曜日は……どっかへ行こうか、直之。雨が降りそうだけど……。水族館はどうだ？　夜はファミレスでイタスパを食おう」

直之の顔が輝《かがや》いた。

「うん！　水族館行く！　イタスパも食うー！」

水族館をゆっくりと見ようと、宏尚は思った。そして、夕食をゆっくり食べようと。

「そうや、お父ちゃん。夏休みになったら、俺、師匠とこへ泊《と》まりに行ってもええやろ？　師匠とこで宿題全部やるねん！」

「いつもお世話になってるのに、この上泊まったりしたらご迷惑《めいわく》じゃないかい？」

「師匠はええって言うたで？」

「……一度、ちゃんとご挨拶《あいさつ》しなきゃなぁ」

宏尚は頭をかいた。

日曜日の朝。宏尚は高塔と電話で話した。

「電話ですみません。直之が、私はまだその町へは行けないとか言うもので……」

高塔は、電話の向こうで大笑いした。

「育ちのええ人やから心苦しいやろうけど、全然気にせんでええで、お父さん。来られるようになったら、来たらよろしい」

高塔にまでこう言われて、宏尚は苦笑いした。

「直之はええ子やで。何の問題もない」

「そ、そうですか。そう言っていただけるとうれしいです」

「ただなぁ、俺とおると、いつまでたっても関西弁が直らへんで」

高塔は笑った。

「あ、いや。それは……直らなくていいです。関西弁をしゃべる方が、あの子らしいと思うので」

「ホンマにそう思てる～？　関西弁に悪い思い出とかあらへん？　関東から関西へ来た奴《やつ》は苦労するからなぁ。あんたもそうとう苦労したクチちゃう？　ハハハハ！」

「はははは」

電話をおいた宏尚に、直之が言った。

「師匠ってオモロイ人やろ？」

「そうだね。向こうにいた時の同僚《どうりょう》や上司をスゴク思い出したよ……」

父は、そう言って遠い目をした。

こうして今、夏休みの宿題合宿の許可ももらった直之は、一段とはりきって不思議町通いに精を出しているのだった。

クラスメイトからは「ますます元気になってきた」と思われ、耕太《こうた》からは「ますます気に入らない」と思われ、日々の衝突《しょうとつ》も激しさを増したが、直之はものともせずに、やられたら倍やり返した。身体《からだ》中に元気がみなぎっているような気がした。それにつれて、成績なども少しずつ上がってきた。

直之は、毎日が楽しくて仕方なかった。

一日過ぎるごとに夏休みが近づいてくることもうれしかった。

しかし――。

5

破られたもの

Shitamachi
Fushigicyo monogatari

夏休み前に行われたテストが返された日だった。

赤城《あかぎ》先生は、すごくうれしそうに直之《なおゆき》にテストを渡した。

「須田《すだ》くん、国語のテストが七十点だよ！　よくがんばったね!!」

「うわっ、ホンマ?!　ホンマや!!」

今までの国語のテストが二、三十点の直之にとっては、七十点は快挙だった。

「うわー、スゴイスゴイ！　国語で七十点なんか取ったのはじめてやー!!」

喜ぶ直之に、クラスメイトたちも「よかったね」「やったな」と、声をかけてくれた。

ただひとり、耕太《こうた》を除いては。

耕太の国語の点数は五十五点。算数では常に八十点、九十点を取る直之にかなわない耕太が、唯一《ゆいいつ》勝てる科目が国語だったのに、その国語でこうも差をつけられてしまった耕太の腸《はらわた》は、煮《に》えくり返っていた。

「お前！　カンニングしたんだろう!!」

昼休み、耕太はわかりやすい難癖《なんくせ》をつけてきた。直之もクラスメイトも「やっぱりそうきたか」と思った。

「カンニングなんかしてへんわ！　俺《おれ》は勉強したんじゃ！」

古本屋からもらった本を、直之は一生懸命《いっしょうけんめい》読んでいた。確かにおもしろい話ばかりで、直之は古本屋に言われた通り、単語の意味を辞書を引き引き読み進んだ。それは直之にとってそうとうに大変な作業だったが、そうしてまで直之は本を読みたかった。これも、古本屋の言った通りだった。

そして、そうしていると、直之は国語の授業が前よりもわかるようになってきたのだ。前よりも、時間がゆっくり過ぎる感じがした。先生の言うことを聞くことが精いっぱいだったのに、その意味を考えられるようになってきたのだ。

そうなると、国語の授業を受けるのも、宿題をやるのにも身が入った。今回のテストの好成績にその成果が出たのだ。

「嘘《うそ》つけ！　勉強したからって、お前がそんなに簡単にいい点数取れるもんか！　正直に言えよ、カンニングしたんだろ！」

「してへんっちゅーとんじゃ、ボケ！」

「だったら見せてみろよ、テスト！　カンニングしてないかどうか、俺が見てやる！」

直之は、なぜ耕太に見せねばならんのかと思いつつも、そうしないと耕太は引きさがらないと思い、国語のテストを鞄《かばん》から出して見せた。

すると、耕太は待ってましたとばかり、直之のテストをわしづかみにした。

「あっ！」

ビリビリ――ッと、耕太はテスト用紙を引きさいた。

「何するんじゃ――っ!!」

直之は耕太にすがったが、身体《からだ》の大きな耕太の手には届かなかった。直之の頭に、細切れになったテストが降ってきた。

「カンニングなんかでいい点取ったテストはこうしてやるのさ！」

直之は、床《ゆか》に散った紙片《しへん》を必死でかき集めた。しかし、耕太は紙片を踏《ふ》みにじった。

クラスイトは、声もなくその様子を見ていた。

「お父ちゃんと師匠《ししょう》に見せよと思っとったのに……！」

直之の目に、はじめて涙《なみだ》が浮《う》かんだ。耕太は、それを見て大笑いした。

「泣いた！　泣いたぜ、こいつ！　おもしれぇ――っ！　ギャハハハハ!!」

バカ笑いをするその顔面に、直之の渾身《こんしん》の一撃《いちげき》が入った。

「……っ！」

耕太は、棒のようにうしろへ倒《たお》れた。

女の子たちの悲鳴が上がった。

電話で知らせを聞いた宏尚《ひろなお》があわてて帰宅すると、清乃《きよの》は鬼《おに》のような形相で居間の窓際《まどぎわ》に立っていた。

「あのできそこないの孫が、何をしてくれたと思う？」

「……っ」

清乃の様子は、宏尚が口をはさめない迫力《はくりょく》に満ちていた。

「いつもどなりこんでくる吉本《よしもと》とかいうバカな親が、今日は特にすごかったんだよ、宏尚。いつもの子どもの喧嘩《けんか》ですまないことを、直之はやったんだ。吉本の子どもは救急車で病院に運びこまれたそうだよ」

「その子の具合は？」

清乃は、ゆっくりと煙草《たばこ》に火をつけた。

「頭を打っているそうで、まだ様子はよくわからないけど、意識はあってね。その子が、直之がカンニングしてテストでいい点を取ったのを指摘《してき》すると、直之になぐられて、床に倒されたと言ったそうだ」

「そんな……。直之はそんなことをするような子じゃありません！」

「さあ、どうだか。その子と喧嘩するのはいつものことだしねぇ。勉強のできない直之が、テストでいい点を取るのもおかしいじゃないか」

「そ、……」

清乃は、いまいましげに煙草の煙《けむり》を吐《は》いた。

「先方は警察に訴《うった》えると言ってきている。この始末をどうつける気だい、宏尚？」

宏尚は、立ちつくしていた。

「直之は、頭がおかしいんだよ。それなりの施設《しせつ》に入れたほうがいいと思わないかい？」

「そ、そんなこと！」

「これ以上、あたしに恥《はじ》をかかせないでおくれ！」

火を吹《ふ》くようにどなられて、宏尚はその場にへたりこんだ。

「自分の子だからかわいいと思うんだろうが、お前だってあの子を変だと思うだろう、宏尚？　頭も身体も成長が遅《おく》れてる。それだけじゃない。言葉も行動も乱暴で、とうとう人様《ひとさま》を病院送りにしてしまった。家にはいつかずに、友だちという家に入りびたって、そこがオバケの出る家だなんて言う始末だ。花野《はなの》と話しているのを聞いたよ。めまいがしたもんさ」

「……」

「これは立派な病気だろう？　あの子の病気は治っていないんだよ、宏尚。お前はそれを認めなくちゃならない。親として！」

混乱する宏尚の頭の中を、直之が言っていた言葉がかけめぐった。トトロの家、大人はいけない不思議な町。確かに世迷言《よまいごと》のように聞こえた。

「ふつうの子どもとして扱《あつか》うから無理が出てくるんだ。施設に入れたほうがあの子のためだよ」

家でも学校でも、いつでもあせると直之は言った。高塔の家ではゆっくりできると。

「無理を……させているんでしょうか……。あの子には、ふつうの暮らしは、やっぱり無理なんでしょうか……」

「そうなんだよ。仕方ないじゃないか。病気なんだから」

「……」

「心配しなくても、いい施設をさがしてやるさ。コネならいくらでもあるんだから」

宏尚がうなずいた。その時だった。

「お二人とも、もうやめてください！」

と、悲痛な声がした。

開いた居間のドアの向こうに立っていたのは、使用人の花野だった。そしてその手前、ドアの陰《かげ》にかくれるように、直之がいた。

「ナオ……！　そ、そこにいたのか?!」

青くなった宏尚よりも、直之の顔色はさらに青白かった。奇妙《きみょう》に無表情だった。

直之は無表情のまま、つぶやくように言った。

「お父ちゃん……。俺のこと……今も病気やと思てるん……？」

「……っ」

何も言わない父を見て、直之はその場から駆《か》け出した。

「直之！」

息子《むすこ》の名前を叫んだ宏尚だったが、追いかけることはできなかった。身体中から力が抜《ぬ》けてしまっていた。

その宏尚を、花野が涙をためた目でにらんでいた。

「奥様《おくさま》も、宏尚様も……。お二人が、どれだけナオ坊《ぼっ》ちゃんのことをわかっているというんです」

女主人は、突然《とつぜん》口をはさんできた使用人を不愉快《ふゆかい》そうに見た。

「奥様はまったく無関心で、宏尚様はお忙《いそが》しくて……。そんなお二人に、ナオ坊ちゃんのことを、とやかく言う資格があるんですか！」

「だったら、お前にはあるというのかい、花野！」

主《あるじ》にきびしく言われても、花野はひるまなかった。

「あります！　私は高塔《たかとう》さんから、毎日ナオ坊ちゃんのことを聞かせてもらっています！」

宏尚は、ハッとした。

「高塔さんは、ナオ坊ちゃんを帰したあと、かならず電話をくださいます。今、車に乗せたと。そしてその日、坊ちゃんが何をしたか話してくださいます。坊ちゃんは、毎日きちんと宿題をして、このごろは予習も復習もされるそうです」

花野は、宏尚に言った。

「テストでいい点を取って宏尚様をおどろかすんだと。だから勉強をしていることは黙《だま》っていてくれと坊ちゃんに言われました。黙っていて申し訳ありません」

頭を下げる花野を、宏尚は声もなく見た。

「高塔さんは、ナオ坊ちゃんは頭がいいとおっしゃってくださいました。なぜなら、坊ちゃんは、自分が人より発達が遅れていること、そして、そんな自分を宏尚様も奥様も心配していることを、き、い、ち、い、んと気にしているからだと。時間はかかるだろうけど、坊ちゃんはかならず立派な大人になると断言してくださいました！　私は高塔さんの言葉を信じます！　でも、そんな言葉などなくても、坊ちゃんを信じてあげるのが家族じゃないのですか！」

花野は、泣きながら絶叫《ぜっきょう》した。

宏尚も清乃も、何も言えなかった。

花野は、涙にぬれた顔をぬぐうと、深々と頭を下げた。

「生意気なことを言って申し訳ありませんでした」

そう言うと、花野は静かに居間のドアを閉めた。

宏尚は、立ち上がれないでいた。清乃は、煙草を吹かしていた。

そしてしばらくして、ドアがノックされ、花野が青い顔をのぞかせた。

「奥様、宏尚様！　ナオ坊ちゃんがお部屋におられません」

「えっ?!」

飛び上がった宏尚は、信じられない速さで階段をかけあがり、直之の部屋へ飛びこんだ。

ベッドの下、クローゼットの中、屋根裏までさがしたが、直之はいなかった。そして——、

「……貯金箱がない」

机の上を見て、宏尚は愕然《がくぜん》とした。まだ関西で貧乏《びんぼう》暮らしをしていたころから、直之が大事に大事にしていた五百円玉貯金箱がなくなっていた。

屋敷《やしき》のほかの場所をさがして戻《もど》ってきた花野が言った。

「高塔さんの家へ行かれたのじゃないでしょうか？」

「高塔さんのとこへ行くのに……貯金箱を持っていくだろうか……？」

「高塔さんに電話します！」

陽《ひ》が、刻々と傾きつつあった。じきに夜がやってくる。

宏尚の胸は、嫌《いや》な予感にざわめいていた。真っ黒い霧《きり》が、自分のまわりに渦巻《うずま》いているような感じがした。だがそれは、自分が招いたものなのだと思った。

「ええ、そうなんです。もしそちらに坊ちゃんが行かれたら……ええ、ぜひお電話ください。よろしくお願いします」

受話器をにぎりしめ、花野は電話の向こうの高塔に何度も何度も頭を下げた。

「高塔さんに、坊ちゃんが来たら電話をくれるようにお願いしました」

直之の部屋の机の前に立ちつくす宏尚に、花野は言った。

「ありがとう……」

宏尚は力なくつぶやいた。

直之の机の上には、分厚い本と辞書、調べた単語でうめつくされたメモが何枚もあった。

それを見つめる宏尚は、抜《ぬ》け殻《がら》のようだった。

そこに、客がおとずれた。

居間に通されたのは、直之のクラスメイト数人だった。

子どもたちは、宏尚と清乃の前に、つなぎあわされた直之の国語のテストを差し出した。

「吉本くんがビリビリに破いちゃったのを、みんなで直しました」

テスト用紙はグシャグシャで欠けた部分はあるけれど、たくさんの丸印と、直之の名前の横の「七十点」という文字はちゃんと見てとれた。

子どもたちは、宏尚と清乃にあの時の直之と耕太の様子を話した。

「須田くんは悪くありません。そりゃあ、吉本くんにケガをさせちゃったのは悪いと思うけど」

「でも、悪いのは吉本くんのほうよ！」

「そうよ！　あんなヒドイことしてさ」

「須田くんが怒《おこ》って当たり前よ！」

「須田くんは、カンニングなんてしてないよ」

「うん。絶対してない！」

口々に直之をかばう子どもたちに、宏尚は優《やさ》しくたずねる。

「なんでそう思ってくれるの？」

子どもたちは、自信満々で答えた。

「だって須田くんは、いつでも一生懸命《いっしょうけんめい》だもの」

「……！」

宏尚は、クシャクシャのテスト用紙を胸に抱《だ》いた。

花野の言葉、そして子どもたちの言葉が胸にしみ通り、涙《なみだ》があふれてきた。

「ありがとう……！」

宏尚は、そう言うのが精一杯だった。涙を懸命に堪《こら》えた。

「須田くんを叱《しか》らないで」

「学校をやめるとか、言わないでね」

子どもたちの訴《うった》えに答えたのは、清乃だった。

「大丈夫。そんなことにはならないよ」

おだやかな声だった。宏尚は、ハッとして母を見た。清乃は複雑な表情をしていたが、さっきまでの激しい雰囲気《ふんいき》は、もうなかった。

子どもたちを玄関《げんかん》まで送って、宏尚は言った。

「みんな、本当にありがとう。また学校でね」

その言葉に安心して、子どもたちは笑った。

「また学校で！」

子どもたちは手をふって帰っていった。宏尚は、子どもたちをいつまでも見送っていた。

「宏尚……」

清乃と花野が、心配そうに立っていた。宏尚は、二人のほうをふり返って言った。

「高塔さんに会いに行かなきゃ。不思議町へ」

宏尚は、いっしょに行くという清乃を乗せて車を飛ばした。

「ふしみ町だって？　あのへんにそんな名前の町があったかねぇ？」

宏尚は真《ま》っ直《す》ぐ前を見つめたまま、悟《さと》ったように言った。

「きっと……地図にも載《の》っていない、ふつうの人間じゃ行けない場所なんだ」

「？」

子どもにとっては特別な場所。トトロの家のような場所。

サツキも、最初は行けなかった場所。

そこへ行くには……。

「通してくれ……！」

フロントガラスの向こうには、見なれた街の景色。よく知った街角や横道が過ぎてゆく。

宏尚はハンドルをにぎりしめ、その街に訴えた。

「俺《おれ》を通してくれ！　トトロのところへ行かせてくれ!!」

いまだかつて見たこともないような表情の息子を、清乃は呆然《ぼうぜん》と見ていた。

車が曲がった先に、昔ながらの下町の風景があらわれた。

「!!」

宏尚も清乃もおどろいた。

大都会といえど、昔からの下町はまだあちこちに残っている。しかし、この街は宏尚も清乃もなじみの場所。この街にこんな風景があるなんて、心当たりがない。車から降りた清乃は首をかしげた。

「あたしは駅前のオフィスに十年いたんだ。でも、こんな場所ははじめてだよ?!」

清乃が勤め人だった何十年も前から、変わらずここにあったような町のたたずまい。

静かなせまい路地。甍《いらか》の屋根の向こうの暮れかけた空に、半月がうすく浮かんでいる。

まだ明かりのついていない木造の家々の窓は暗かった。路地には誰《だれ》もおらず、どこからか風鈴《ふうりん》の音が聞こえてきた。

「直之!」

宏尚は叫んだ。

カラカラと引き戸が開く音がして、着物姿の男があらわれた。

「来られたか、須田さん」

煙管《きせる》をくわえた眼鏡《めがね》の男が、軽く言った。

「高塔さん!」

宏尚は高塔にかけよった。

「な、直之は? 直之が来てませんか? 会えますか?」

高塔は首をふった。

「直之は、ここには来てへんで」

「それは本当ですか？　き、来てるなら、来てると言ってください。俺が悪かったって、直之に言ってください。謝《あやま》るから……っ」

高塔は、宏尚の肩《かた》をぐっとにぎった。

「まぁ、落ち着いて、須田さん。ほんまに直之はここにはおらんねん」

「……」

宏尚は、ガックリと膝《ひざ》をつく。

「ひどいことを……した。自分の子どもに。それでなくても、あの子には悲しい思いをさせてばっかりだっていうのに！　あの子は、自分が病気だったってことを気にしていたのに！」

あの時の直之の青白い顔と無表情が、宏尚の目に焼きついて離《はな》れない。

「なぜ一言、ちがうと言ってやらなかったんだ。頭をふるだけでもよかったのに！　俺は……俺は、直之の信頼《しんらい》を裏切った！　自分の親に信じてもらえないなんて……そんな、そんな思いを子どもにさせるなんて……！」

宏尚は、とうとう泣き崩《くず》れた。車のわきで、清乃も泣きそうな顔をしていた。

夏の空が、ゆるゆると黄昏《たそがれ》てゆく。

朝顔たちもそろって花びらを閉じて、眠《ねむ》りにつこうとしていた。

夕飯の香《かお》りが漂《ただよ》いはじめた。焼き魚に、煮物《にもの》の匂《にお》い。温かい気配が、路地を満たしてゆく。

高塔は、宏尚の背中をポンポンと叩《たた》いた。

「反省すんのは後回しや、須田さん。直之は、ここ以外のどこかへ行った。あの子が行くとしたらどこか、心当たりはないか？」

涙をぬぐいながら、宏尚は懸命に考えた。直之からは、高塔以外の友だちのことを聞いたことはない。関東には知り合いもいない。親戚《しんせき》とも面識がない。

「……まさか……」

宏尚は顔を上げて高塔を見た。

「まさか……大阪に？」

「……」

「いや、まさか……。親戚はいないし……。知り合いはいるけど、でも……」

「元女房《もとにょうぼ》はどこにおる？」

「佐知代《さちよ》？　大阪のミナミに……」

「直之はそれを知ってるか？　お母ちゃんは、大阪のミナミにおると」

宏尚は首をふった。

「ミナミで働いてるってことしか……。俺もそれしか……。まさか……」

「さがしに行ったかも知れん。別れてもお母ちゃんや。直之にとってはな」

「子どもひとりが新幹線に乗って？　……あ、今ごろ補導されてるかも！」

高塔は、人が悪そうに笑った。

「どうやろ？　あの子は頭がええからなぁ。ちゃっかり大人の目をかいくぐっとるかもしれんで」

「と、とにかく、駅に電話してみます！」

6

「となりのトトロ」のように

Shitamachi
Fushigicyo monogatari

直之《なおゆき》は、ちゃっかり大人の目をかいくぐって新幹線に乗っていた。

貯金の五百円玉は、

「貯金がたまったから、これでゲーム買うねん」

と言い、銀行で札に両替《りょうがえ》してもらった。三万六千円あった。

子どもがひとりで新幹線に乗っていたら怪《あや》しまれることを、直之は知っていた。だから、若い兄ちゃんをつかまえて自動券売機でキップを買ってもらい、親子連れがあらわれるのを待ってついていき、さも家族のひとりのような顔をして改札を通った。金曜日の夕方で親子連れがけっこういたことは、直之には幸いした。さも家族のひとりのような顔をして、親子連れの横に座った。

大阪行きの新幹線のホームでも、自由席に並んでいる親子連れをさがした。

「あれ？　ボク、ひとり？」

母親が声をかけてきた。

「うん。今日までおじいちゃんの家におってん。今から大阪へ帰るねん。駅にお父ちゃんが迎《むか》えに来てくれてるねん」

「そうなんだ。あ、お菓子《かし》食べる？」

「ありがとう！」

直之が、車掌《しゃしょう》に怪しまれることはなかった。

すっかり暮れた窓の外を、街の灯《あか》りが過ぎてゆく。

直之は、暗い窓の外を見つめていた。

なぜだか自分でもわからないが、母に会いたいと思った。

どこに住んでいるかも知らない。ただ、大阪のミナミで働いているというだけ。会えるとも思えない。

それでも、母に会いに大阪へ行こうと思った。

母に会って、話を聞きたかった。どうして父と自分をおいて出ていったのかと。

それを聞いてどうするのか、それからどうしたいのか、直之にはわからなかった。

ただ今は、懐《なつ》かしい場所へ行きたかった。

陽《ひ》が落ち、下町の風景も闇《やみ》に染められた。

あいかわらず人通りのまったくない路地に、家々に灯《とも》った明かりだけが映されている。

高塔《たかとう》の家の居間に通された宏尚《ひろなお》の携帯《けいたい》が鳴った。

憔悴《しょうすい》した表情で相手の話を聞く息子《むすこ》の顔を、清乃《きよの》はじっと見ていた。

「……そうですか……わかりました。……ええ、お願いします、はい。どうも……」

宏尚は、力なく携帯をテーブルにおいた。

「駅員がいろいろ調べてくれたみたいだけど……、小学生ぐらいの子どもがひとりでウロウロしていたのを見た人はいないそうだ」

高塔は、煙管《きせる》の煙《けむり》を吐《は》いた。

「警察に捜索《そうさく》願を出そう、宏尚。大阪の警察にも捜してもらわなきゃ」

そう言って清乃は立ち上がったが、宏尚は動こうとしなかった。

「宏尚？」

宏尚は、煙管をふかす高塔を見た。

「手を貸してください、高塔さん」

「……」

「何を言ってるんだい、宏尚？　この人に何ができると言うんだ。これは警察の仕事だろう?!」

宏尚は、首をふった。

「直之は、あなたのいるこの場所を、サツキやメイの家のようだと、トトロの家のようだと言いました。この町を『不思議町』だと言いました。あの時は、直之が何を言っているのかわからなかった。でも、今ならわかります」

自分を見る高塔の眼鏡《めがね》の向こうの目つきが、人ではない……少なくともふつうの人間のものでないと、宏尚は確信した。

「俺《おれ》は、メイを捜す時のサツキのようになれて、ここへ来られた。だとしたら、あなたは直之を捜せるはずだ。トトロのように！」

「ハ。俺にネコバスを出せってか？」

「そうです！　お願いします！」

そうつめよる宏尚と高塔を、清乃は唖然《あぜん》と見ていた。

ふーっと、高塔は煙管の煙を宏尚の顔に吹《ふ》きかけた。

「アホやなぁ、自分。ネコバスがホンマにあると思てんの？　直之じゃあるまいし」

「……っ！」

現実的に考えればその通りだった。ここがトトロの家であるはずがないし、高塔がトトロであるはずがない。しかし、宏尚は現実的に考えたくなかった。トトロにすがるサツキのように涙《なみだ》があふれてきた。あの時のサツキのように、どうしたらいいかわからなかった。

「直之に何かあったら……俺はどうすればいいんだ！　あの子に何ひとつ父親らしいことをしてやれずに、さびしい思いや悲しい思いばかりさせて！　花野《はなの》の言う通りだよ。あの子の本当の姿を、俺はぜんぜん見てなかった。何もわかってなかった！　だから、あんなひどいことを……」

テーブルに突《つ》っぷして震える宏尚の背中に、高塔は静かに言った。

「それでも、ナオはあんたが大好きや」

宏尚は顔を上げた。

「それはあんたが、いつでも一生懸命《いっしょうけんめい》やからや」

宏尚も清乃も、ハッとした。

直之のクラスメイトたちが言ったことと、同じ言葉。高塔は、まるでそれを聞いていたかのように言った。

「血は水よりも濃《こ》いってなぁ、おばあちゃん」

清乃は、「あんたもそうだろう？」と言われた気がした。

「女房《にょうぼ》に愛想《あいそ》つかされても、仕事がうまくいかへんでも、あんたは一生懸命やってきた。それが空回《からまわ》りしようが、子どもにとってはどうでもええねん。大事なのは、その背中や。直之は、あんたの背中を見て育ってきた。何があっても、あんたが直之のことにも一生懸命なことを、あの子は知ってる。子どもにはそれが何より大事やし。直之はそれを理解できる賢《かしこ》い子や」

「高塔さん……」

高塔は、ニヤリと笑った。

「これが直之が高校生ぐらいなら、ふらっと『故郷《ふるさと》を見』て、ふらっと帰ってくるやろう。ぜんぜん心配いらんとこや。だが小学生じゃ、さすがにそんな簡単にはいかん。

夜の街にはアホも多いしな」

フーッと、大きく煙を吐いてから、高塔は言った。

「直之のとこには、迎《むか》えをやった」

宏尚の顔が輝《かがや》く。

「あ……ありがとうございます!!」

わけがわからない清乃に、高塔は軽く言った。

「まあ、おばあちゃんも座って、もうちょっと待ってみたらどないや?」

直之は、大阪のミナミ——難波《なんば》や心斎橋《しんさいばし》を中心とした繁華街《はんかがい》にいた。

花金《はなきん》の夜のミナミは、サラリーマンと若者であふれかえっていた。どぎついネオンに動く蟹《かに》、動く海老《えび》、大きな河豚《ふぐ》、そして大きな菓子会社の看板。ワイワイと、皆声《みな》の大きな人びと。直之にとって、久しぶりに嗅《か》ぐ関西の匂《にお》いだった。

母佐知代が、どんな店で働いているかまったく見当《けんとう》がつかない直之は、とりあえず片《かた》っ端《ぱし》からたずね歩くことにした。

「ここで、サチヨって人、働いてない?」

店の外で、中で、店員をつかまえては訊《き》いてみる。

「サチヨ？　いや、おらんよ」

「サチヨ？　何サチヨ？　サチヨだけじゃなあ」

「何？　ボク、誰捜《だれさが》してんの？」

「子どもがこんなとこウロチョロしてたらアカンがな。さっさと帰り！」

どれぐらい街をさまよっただろうか。

直之はすっかり疲《つか》れてしまった。ジュースを飲みながら、自販機《じはんき》の横に座りこんだ。

簡単に母が見つかるとは思っていなかったが、ひょっとしたらという小さな期待も抱いていた。その期待も、ネオンと夜の闇のあいだに消え入りそうになっていた。

「お父ちゃん……心配してるかな。師匠《ししょう》のとこへ行ってると思てるかな」

宏尚の優《やさ》しい顔が浮《う》かぶ。

父に心配をかけたこと、父に信じてもらえなかったこと、いろんなトゲが直之の心をシクシクと突き刺《さ》す。直之は身体《からだ》をまるめ、涙を堪《こら》えてつぶやいた。

「小人《こびと》さん、小人さん、来てください。俺の心から、悲しいかけらを取ってください……」

酒に酔《よ》ったサラリーマンやカップルや若者たちが、にぎやかに通り過ぎてゆく。小さな直之に目をとめる者は、誰もいなかった。

その時、巡回中《じゅんかいちゅう》の警察官の姿が見えたので、直之は少し暗い横道へ逃《に》げていった。

暗い細い道を歩きながら、直之ははじめて思った。

「今日……これからどうしよ……？」

今からでは、もう東京へは戻《もど》れない。

「まだ地下鉄があるうちに、前におったとこへ行こかな。中川のオバンとかに頼《たの》んだら、泊《と》めてくれるかも……」

そんなことを考えながら横道の向こうの通りへ抜《ぬ》けようとした時、そこに数人の若者が道をふさぐようにたむろっていた。まだ子どものような顔をしているものの、煙草《たばこ》を吸い、ビールを飲んでいる。

直之はかまわず通り過ぎようとしたが、若者のひとりに足をかけられた。

「わっ！」

「ヒャハハハ！」

「大丈夫かぁ〜、ボク〜？」

転んだ拍子《ひょうし》に、直之の財布《さいふ》が道へ落ちた。

「おっ！」

「あっ！」

直之より早く、若者が財布を取った。

「返せ！」

「おっ、お～！　二万円もあるやん！　金持ちやなー、自分！」

若者は、万札《まんさつ》を財布から抜き取った。

「やっ……！　俺の金やぞ！　ドロボウ!!」

すがってくる直之を適当にあしらいながら、若者は言った。

「ドロボウちゃう～。これは寄付や！　ボクは貧乏《びんぼう》な俺らに寄付してくれたんや。なんちゅーエライ子どもや。感心するわ～」

「ホンマやホンマや！　エライで、自分！」

若者たちがおもしろそうに笑う。直之は、金を持った若者に飛びついた。

「何が寄付じゃー！　ドロボウ――ッ!!」

「なんじゃ、このガキ！　やるんか、コラ!!」

若者は、まだ小さな直之の顔に本気で肘鉄《ひじてつ》を喰《く》らわそうとした。その時、若者の顔の前を何かが、バッ！　と横切った。

「ぎゃーっ!!」

若者は顔をおさえて悲鳴を上げた。直之もほかの者もおどろいた。

若者の頬《ほお》に、四本の線状の傷が大きくついていた。まるで、大きな猫《ねこ》の手で引っかかれたように。

横道の向こうの通りに、黒い影《かげ》が立ってこっちを見ていた。

「さあ。取ったお金をおいて、さっさと家へお帰りなさい、ボーヤたち。子どもがいつまでも夜の街をフラフラしてるもんじゃありません。怖《こわ》い目にあいますよ?!」

と、その影が言った。

「な、なんや、オッサン！」

「うるさいわ！　ほっとけ、ボケ！　殺すぞ!!」

若者たちが口汚なくわめく。

「ふっ」と、ため息をつく気配がした。

次の瞬間《しゅんかん》。若者たちを次つぎと、何かつむじ風のようなものが襲《おそ》った。

「わっ！」

「ぎゃっ!!」・

最初に襲われた者と同じように、若者たちは顔や胸を引き裂かれ、その大きな爪跡《つめあと》から血が吹きだした。

「ギャ――――ッ!!」

「うわあああ――――っ!!」

若者たちは顔や胸をおさえ、暗い細い道を逃げっとんで行った。あとに、万札が二枚、ひらひらと舞《ま》った。

その万札をひょいひょいとつかんで、影の男は唖然としている直之に渡《わた》した。

「オッチャン……誰？」

「おやおや、つれないことを。私とあなたは、ほとんど毎日顔を合わせているじゃありませんか」

影が指さした方向を見ると、向こうの通りに白いタクシーが止まっていた。

「あ……、いつも送ってくれるタクの運ちゃん?!」

「高塔さんに言われて来ました」

「え？　あっちから来たん？　え⁉　なんで俺《おれ》のおるとこ、わかったん⁉」

「そりゃあ、わかりますとも」

通りを走る車のヘッドライトに照らされて、影の男の姿がハッキリ見えた。そう言えば、直之はこの運転手の顔をよく見たことがなかった。運転手は、いつも目深《まぶか》にかぶっている帽子《ぼうし》をあげて見せた。

「ネコバスだって、メイちゃんの居所がわかったデショ?!」

血のついた長い爪を、真っ赤な長い舌でなめる男の両目は、金色だった。

「……ブハッ!!」

直之は、怖いよりもおもしろくて吹き出してしまった。

「ネ、ネ、ネコタク!!」

ネコタクシーに乗りこんだ直之は、運転手に言った。

「なあ……、ネコタクやったら……俺のお母ちゃんのとこへも行ける？」

運転手は、ネコ目をきろりと動かした。

「……あなたの望むことを、お母さんが言ってくれるとはかぎりませんよ?!　あなたは、とてもきびしい現実を知ることになる。それでもいいですか?」

　直之はうつむいた。

「……うん。それでもええ」

　ネコタクシーは、するすると夜の街に走り出した。

　高級クラブの店の前で、ホステスが二人、常連客を見送っていた。

「ほな、マキちゃん。また来週な。マキちゃんがほしいゆうてたあのバッグ、買いにいこ」

「いやぁ、うれしいわぁ。もぉ～、山下サンってホンマ気前ええんやから」

「だから好き、やろ?」

「イヤやわあ、もぉー! その通りっ」

　客の乗った車が見えなくなるまで下げていた頭を上げると、ホステス二人は煙草を吸いはじめた。

「山下さん、マキさんにメロメロですねぇ。やりましたね」

「フフン。あんな上玉《じょうだま》、逃がすかいな」

マキと呼ばれたホステスは、鼻から煙草の煙《けむり》を吐《は》いた。

「やっぱり男は金やわ。あたしもガキだったころは惚《ほ》れたハレた言うとったけど、アホやったなぁって思うわ、ホンマ」

「そう言えば結婚《けっこん》してはったんですね、マキさん」

「東京で引っかけた、ええ男やった。顔だけはな」

マキは、歪《ゆが》んだように笑った。

「男はええとこのボンボンで、こっちへ駆《か》け落ちしてきたんやけど」

「情熱的やないですか〜」

「男もあたしも、ガキでアホやった。のぼせ上がってただけやったんや。男はボンボンだけに甲斐性《かいしょう》なしで、生まれた子どもはすぐに大《お》っきな病気してなぁ。手持ちの金が、アッという間《ま》になくなってしもた」

昔を思い出すその顔は、いまいましげだった。

「その時になってやっと、あたしは貧乏がアカンねやって目ぇ覚めたわ。まだこの若さで稼《かせ》げるのに、こんな貧乏暮らししとったらアカン！　って思って、家飛び出したった」

「お子さんは……？」

「知らん」

マキは、あっさりと言った。

「けど、男に任せといたら大丈夫やってん。あいつは家へ帰ったら金持ちなんやから」

「あ、そうか」

「子ども連れて東京へ帰ったって聞いたしな。子どもも今ごろは、ええ家のボッチャンやってるんちゃう？」

マキは、夜空に向かって煙を吐く。

「もう結婚はコリゴリやわ。子どももいらん。あたしは稼げるうちに、山下みたいな男を取っかえ引っかえして、金貯《た》めるだけ貯めるんや」

「マキさん、かっこええわ〜」

二人は笑った。

煙草を吸い終え、店に帰ろうとしたマキは、路上に止まっている白いタクシーから、自分を見つめる者がいるのに気がついた。

小学生ぐらいの子どもだった。

少しその子を見返したマキは、一瞬ハッとしたが、その表情はすぐに元にもどり、何事もなかったように店に入って行った。一度も、ふり返らなかった。

蒸《む》し暑い夏の夜だった。ネオンがギラギラしていた。

楽しそうに酔《よ》っぱらったサラリーマンに、ナイトゲームを見終えた野球ファン、ナンパ目的の男ども、夏休みを目の前にして浮《う》かれている学生たち。通りはにぎやかだった。

窓の外を一心に見つめている直之に、運転手が静かに声をかけた。

「さあ、お父さんのところへ帰りますよ。とても心配している」

直之は、窓の外を見たままつぶやくように言った。

「……ホンマ？」

「ええ」

「……」

何もかも夜の闇《やみ》が覆《おお》い隠《かく》して、赤や黄色の光だけになった街は美しかった。

ゆっくりと車窓を過ぎてゆくその景色が、涙《なみだ》で歪む。
直之は、声を上げて泣いた。

7

修繕屋《リペアラー》におまかせ

Shitamachi
Fushigicyo monogatari

縁側《えんがわ》に座りこみ、宏尚《ひろなお》は草ぼうぼうの庭を見ていた。夜の闇《やみ》の中に、蛍《ほたる》のような小さな灯《あか》りがひらひらと飛んでいた。

かたわらに、清乃《きよの》がそっと腰をおろした。親子二人、並んで夜の景色を見る。

静かだった。駅前の喧騒《けんそう》から想像もできないほど、この下町は静かだった。しかし、なぜだか心が安らぐような気配に満ちていた。せまい道の向こう側に並んだ家々には温かな灯りがともり、家族が団欒《だんらん》している様子《ようす》が伝わってくる気がした。

「直之《なおゆき》が……」

宏尚が、静かな声で言った。

「直之が、ここにいると時間がゆっくり過ぎると言ってました……」

清乃も、静かに返した。

「……そうみたいだね」

宏尚が、軽く微笑《ほほえ》んだ。清乃は、息子《むすこ》の顔をしみじみと見た。

「亜矢《あや》に比べてお前は、本当に出来の悪い子だった。優《やさ》しいばっかりで、競争心も闘《とう》争心《そうしん》もないし、やることなすことグズで要領が悪い。あげくに、あんなアバズレに引っかかって駆《か》け落ちだ。あんなに、あの女はダメだと言ったのに、お前は聞かなかった……というより、あの女を突《つ》っぱねることができなかったんだろう?!」

宏尚は、バツが悪そうに頭をかいた。

「出来の悪い子が、また出来の悪い孫を連れて帰ってきたもんだと、頭が痛いったらなかったよ。こんな目にあっても、お前ときたら、あいかわらず腑《ふ》抜《ぬ》けでグズで要領が悪くて、この先のお前と直之のことを思って、何度寝《ね》られない夜を過ごしたか。まったく……!」

「……」

「でもさっき……、車を運転していた時のお前の顔に見惚《みほ》れちまった。ああ、父親の顔をしてる、ってね」

宏尚と清乃は、見つめ合う。

「いつの間《ま》に、こんな顔をするようになったんだろう、あたしの子は……」

清乃は、宏尚の頰《ほお》を優しくなでた。

「お母さん……」

「あたしも、お前のことをなんにも見ていなかったのかも知れない。変なとこで親子いっしょだ」

清乃は、苦笑いした。宏尚も笑った。

むつまじく並んだ背中を見ながら、高塔《たかとう》はうまそうに煙管《きせる》を吹かしていた。


ププ、と、クラクションの音がした。

宏尚と清乃が見ると、玄関先《げんかんさき》に白いタクシーが止まっていた。

「ご苦労サン」

高塔が運転手に声をかける。運転手は、ちょっと会釈《えしゃく》した。

後部ドアを開けると、高塔は、泣き疲《つか》れてぐっすりと寝入った直之を抱《だ》き上げた。

「直之！」

「大丈夫。疲れて眠《ねむ》ってるだけですよ」

と、運転手が言った。

「それじゃ、また」

タクシーは、音もなく闇の中へ走り去った。

「おう」

高塔は、清乃の前に立った。

「小《ち》ぃそうてかわいいなぁ、直之は。このまま大《お》っきならなんだらええのにと思うけど、そうはいかんな。男やし、あっという間《ま》にごつなってまう。抱っこできるのは今のうちだけやで、おばあちゃん」

「……」

高塔は清乃に、直之の身体《からだ》をそっとあずけた。

清乃は、直之の身体を抱いた。

あどけなくて、小さくて細くて、まるっこい身体。両腕《りょううで》にかかる体重。その重さに、清乃はなぜか、胸を打たれる気がした。

「びっくりしたか？」

清乃の心を見透《みす》かしたように、高塔は言った。

「自分がこんなにも簡単に、この子を愛《いと》しいと思うことが不思議やろう?!」

「……」

「でもな、別にそれは魔法《まほう》でもなんでもないねん。それが、まともな人間なら誰《だれ》でも持ってる『母性本能』っちゅーやつや。愛しいもの、か弱いものにふれて、その命や存在を感じたら、自然にスイッチが入るようになってるんや。あんたはただ、忘れてただけ」

清乃は、泣きそうな顔で高塔を見た。

「ましてや直之は、あんたの実《じっ》の孫や。あんたの旦那《だんな》、あんたのかわいい子ども、あんた自身の血と肉でできてる。みんなの思いがつまってる。愛しくて当たり前でっせ」

清乃は直之を抱いたまま、その場にへたりこんだ。

「お母さんっ」

宏尚が、清乃の身体を支えた。宏尚の腕に抱かれて、清乃は胸がいっぱいになった。

「ははは」

「お母さん？」

「つむじの形が、お前といっしょだ。ちょっと左寄りで、つむじの目がハッキリしてる」

そしてその息子のつむじの形は、亡《な》き夫と同じだった。

「お前を……抱っこしたころのことを……思い出すよ、宏尚」

笑ったら、涙《なみだ》があふれてきた。その向こうに、まだ若い、子どもと夫のことだけを考えていればよかった自分の姿が浮かぶ。

「お前はホントに手がかかって……。でも……幸せだった……」

その息子の腕も、すっかりたくましくなった。その息子の子どもが、自分の腕の中にいる。あのころと同じ幸せを、清乃は感じた。

「ごめんよ……。ごめんよ、直之。悪いことばっかりあげつらって……こんなにかわいいことに……気がつかなかったなんて……」

清乃は、宏尚を見た。

「ごめんよ、宏尚。お前にも……あたしは同じことを……。いつからか、あたしはお前たちの悪いとこしか見なくなった。だから亜矢もうちにはいつかずに……。何もかも、あたしが悪かったんだ。許しておくれ」

「お母さん……！」

宏尚は、清乃を抱きしめた。清乃はその胸の中で泣いた。

バラバラになっていた家族の絆《きずな》が、結び直されてゆく。今度はしっかりと。親と子を、孫をつないで。

「血の絆いうんは、めったなことじゃ途切《とぎ》れへん。ほどけてしもてるだけや。時間がたてば、あるいはほんのちょっとしたきっかけで、結び直されるもんなんやで」

煙管をふかしながら、自分たちを見ている高塔を見上げ、宏尚はたずねた。

「あなたは……？」

一体何者なのか？　と。

高塔は、ちょっと外国風のおじぎをして言った。

「俺《おれ》は、修繕屋《リペアラー》。鍋《なべ》のふたから人間関係まで……なんでも直しまっせ」

「ん……？」

直之が目をさました。

「直之」

直之は、自分をのぞきこんでいる父と祖母を見て、飛び上がるほどおどろいた。

「えっ⁉　なんでお父ちゃんとおばぁが、ここにおんの⁉　え⁉　もうこっちへ帰ってきたん⁇　うそ！　さっきまで大阪におったのに⁇　あっ……‼」

二人のうしろに高塔がいるのを見て、直之は自分の口をふさいだ。宏尚は笑った。

「いいんだ、ナオ。俺が高塔さんに、ナオを捜してくれって頼《たの》んだんだから。高塔さんは、トトロみたいにナオを捜してくれたよ」

直之は、清乃を見た。清乃は、肩《かた》をすくめて首をふった。

「あたしゃ何も聞かないし、何も言わないよ」

その声にも言葉にも、いつものきびしくとげとげしい雰囲気《ふんいき》はなく、直之は不思議に思った。高塔は、ニヤニヤしながら見ていた。

「師匠《ししょう》……」

「お父ちゃんもおばあちゃんも、お前のこと心配してここまで来たんや。言うことはないんか、ナオ？」

「……」

直之は、二人の顔を見た。

「……ご、ごめん……なさい」

宏尚は、その小さな頭をなでた。

「うん。もういい。それに謝《あやま》るのはおたがい様だからな」

清乃が、着物の汚《よご》れをはらいながら立ち上がった。

「さあ、家へ帰るよ、直之。花野《はなの》が心配してる」

直之がはじめて見る、清乃のおだやかな顔だった。

「ありがとうございました、高塔さん」

宏尚が、高塔に深々と頭を下げていた。

「直之」

清乃が、直之に手を差し出した。直之は一瞬《いっしゅん》とまどったが、その手に自分の手を重ねた。清乃はそれを、そっとにぎる。直之は、清乃の手のこの上もない優しさにおどろいた。

清乃は直之の手を引いて、高塔の前に進み出た。そして、

「高塔さん。これからも、直之をよろしくお願いいたします」

と、深く、深く頭を下げた。

直之は、目をパチクリとさせた。その直之の頭を下げさせて、宏尚もまた頭を下げた。

「よろしくお願いします」

顔を「?」マークにしている直之を見て笑いをかみ殺しながら、高塔はいつものように軽〜く言った。

「ああ。こちらこそ、よろしゅうに」

ウインクする高塔に、なんだかわけがわからないけども、直之もウインクし返した。

直之を乗せた宏尚の車が須田《すだ》家に到着《とうちゃく》すると、花野が玄関から飛び出してきた。

「ナオ坊《ぼっ》ちゃん！ ご無事だったんですね！ ああ、よかった!!」

花野は直之を抱きしめた。

「心配かけてゴメンな、ハナちゃん」

花野は、泣きながら首をふった。

「いろいろ本当にありがとう、花ちゃん。これからもナオのこと、よろしく頼むよ」

宏尚にそう言われて、花野は少しおどろいたように言った
「私……宏尚様にも奥様《おくさま》にも、たいへん失礼なことを」

宏尚は、花野の手をとった。

「君は、当然のことを言った。目がさめたよ。俺は、もっと直之のことを考えた生き方をするよ」

「宏尚様……」

花野はうれしくて、また泣けてきた。直之は思わず、

（この二人、ええ感じじゃ～ん?!）

と、思ってしまった。その様子を、清乃も微笑《ほほえ》んで見ていた。

ベッドに座った直之に、宏尚はクラスメイトが届けてくれた国語のテストを見せた。

「みんなが直してくれたん?!」

「そうだ。みんな、直之は悪くないんだ、直之を叱《しか》らないでって、言ってくれたよ」

「えへへ」

直之は、うれしくて真っ赤になった。

「みんなにそんなふうに言ってもらえる息子《むすこ》を持って、俺はうれしいよ」

宏尚は、テストを持った直之の手を強くにぎった。

「大阪に……ミナミに行ったのか、ナオ？」

「…………」

父子は見つめ合った。

母と別れた理由を父は言わない。父と別れる時、母が何を父に言ったのか、言わなかったのか。母が出ていった理由を、父は知っているのか。

「もうええねん、お父ちゃん」

直之のその口調に、宏尚はハッとした。清々《すがすが》しい響《ひび》きがした。

「俺にはお父ちゃんがおるもん。師匠もおるもん。おばあちゃんも、俺を心配してくれた……。俺、すっごいうれしい。もう何《なん》もいらん」

母の言葉は悲しかった。

しかし、その悲しみを吹《ふ》き飛ばすような喜びを、直之は手に入れた。

直之をかばってくれたクラスメイトと花野。サツキのように高塔のもとへ来てくれた父。そして、直之のために高塔に頭を下げたくれた祖母。直之は、まるでたくさんの宝物を腕《うで》いっぱいに抱《かか》えた気分だった。

さっぱりとした顔をした直之を見て、宏尚も深くうなずいた。

「すぐに夏休みだな。高塔さんとこで宿題を全部すませたら、海へ行こうか、ナオ？

山がいいかな?」

「海がええー! 海で泳ぎたいー!」

「よし、そうしよう!」

父子はゲンコツ握手《あくしゅ》をかわした。


その夜。直之は、父の枕元《まくらもと》に小人《こびと》があらわれ、「夢のかけら」を取ってゆく夢を見た。

緑色の服を着てトンガリ帽《ぼう》をかぶったいかにもな小人は、宏尚の耳元に立ち、何やらゴショゴショと呪文《じゅもん》を唱《とな》えた。すると、宏尚の目から涙があふれ、一筋流れ落ちた。

それは小人の手の中で黒い結晶《けっしょう》になった。

「ああ……。これでお父ちゃんも、もう大丈夫や」

直之は、夢の中で、ホゥと一息ついた。

夜空を、流れ星がいくつも横切った。

不思議町の夜空にも、キラキラと星が降っていた。

星は甍《いらか》の波の上ではじけて、屋根をイルミネーションのように飾《かざ》る。

「ええ眺《なが》めや」

クリスマスツリーのような光のショーを肴《さかな》に、高塔は古本屋と酒を酌《く》みかわしていた。

「今夜は一段と酒がうまいわ」


翌日。

「行ってきま――す！」

昼食をすませると、直之は家を飛び出していった。

元気に走ってゆくその姿を、清乃は窓から見ていた。

「お礼は持たせただろうね?!」

清乃は、お茶を飲んでいる宏尚に言った。

「はい。高塔さんは酒が好きだと直之が言ったので、吟醸《ぎんじょう》の珍《めずら》しいのを」

「リュックを背負っていたのはそれでか」

清乃は笑った。

「直之が、高塔さんのもとへ通うのを許してくれて、ありがとう。お母さん」

「……」

清乃は、窓から庭を見つめたまま言った。

「あの人にもあの場所にも、わからないことも不思議なことも山ほどあるさ。あたしたちの常識とかを超《こ》えたものなのかもしれない。でも……」

清乃は、高塔の言葉を一つ一つかみしめるように思った。

「あの人は、あたしたちに魔法《まほう》をかけたわけじゃない。あの人が言った言葉は、本当にごくごく当たり前のことだけ。人として当たり前のことを、あたしに思い出させてくれた……。それだけ……」

宏尚もうなずいた。

「俺《おれ》……、仕事を変えようかと思っています。もっと直之といられるような仕事を探します。俺が、必死になって金を稼《かせ》がなきゃと思っていたのは……稼げなかった自分を否定したかったのと、仕事に逃《に》げていたのと……あなたへの当てつけだったんだろうと思います」

そう言う宏尚は、もうすっかり父親の顔をしていた。清乃は目を細めた。

「お前をそんなふうに追いこんだのは、あたしがお前の財産を自由にさせなかったせいだ。それこそ、お前への腹いせに過ぎなかった。ごめんよ」

母子は、手をにぎり合う。

「お前には、もう十分財産がある。本当に自分に合う仕事を、ゆっくり探すといい。お前もあたしも、忙《いそが》しすぎたみたいだね。これからは、もうちょっとゆっくりしようかね」

「はい。これからは、三人で夕食を食べましょう」

清乃は、笑顔《えがお》でうなずいた。

「お————っ！『黒幻《くろまぼろし》』やんけ！　幻の大吟醸《だいぎんじょう》!!」

直之が持ってきた土産《みやげ》を手にとり、高塔は大喜びした。

「んもー、さすがええとこのボンはわかってはるわぁ〜。目ぇ肥えてはるわぁ〜。選ぶもんが粋《いき》やわぁ〜」

「師匠《ししょう》、うれしい？」

「メッチャうれしいー！」

「よかった。ようお礼言うんやで、ごっつお世話になってんでって、お父ちゃんからもおばぁからも言われたし」

直之は頭をかいた。

「大冒険《だいぼうけん》やったな、ナオ」

「……うん」

ひとりで新幹線に乗り、夜の繁華街《はんかがい》をさまよい、不良に殴《なぐ》られそうになり……。

「ネコタクには大笑いさせてもらいました」

直之はおじぎした。

「運転手さんは、メッチャかっこよかったけど」

母という「現実」を知り、直之は少し大人になった。もう、ちがう顔をしている。

「がんばったご褒美《ほうび》に、これやるわ」

高塔は、テーブルの上に光るかけらをおいた。あまりきれいな色ではなかったが、あの「夢のかけら」にちがいなかった。

「お父ちゃんの?!　小人さんが取ってくれたんか！」

高塔は首をふった。

「ゴン太のや」

「えっ⁉」

高塔は、ヒヒヒと笑った。


月曜日の放課後。直之と耕太《こうた》と、それぞれの親も呼ばれての話し合いが行われた。応接室に向かい合わせで座った直之親子と耕太親子。しかし、耕太もその母親も妙《みょう》に落ち着かず、直之たちとは目を合わせないでいた。

耕太の母親にいつもの迫力《はくりょく》がないのは、一つは、救急車だ入院だと大騒《おおさわ》ぎしたわりには、耕太は脳震盪《のうしんとう》を起こしただけだったこと。直之に殴られた傷と、うしろ頭にできたタンコブ以外は、どこにも異常はなかった。そしてもう一つの理由は、いつも直之を口汚《くちぎたな》くののしる耕太が、昨日から妙におとなしくて、今日のこの話し合いにも来たがらなかったことだった。

直之は、そんな耕太を不思議そうに見ながら、昨日高塔が言ったことを思い出していた。

「ゴン太はな、直之。ホンマはお前がうらやましかったんや。女の子らがお前のことをかわいいと思てること、クラスの子みんなが、お前のことをオモロイやっちゃと思てること、算数が得意なこと、跳《と》び箱《ばこ》がうまいこと飛べること。全部うらやましくてしょうがなかった。お前みたいになりたかった。それがお前をいじめる原因になってたんや」

と、夢のかけらを指さしながら高塔は言った。

「クラスのみんなによく思われたい、算数でええ点取りたい、跳び箱をうまく飛びたい。でもでけへん。だから腹立つ！　……その夢のかけらを取ったたった。これでゴン太も、ちょっとは落ち着くはずや。他人ばっかりうらやましがっとったらアカン。ホンマの自分が見えんようになるだけや」

宏尚が、耕太の母親に向かって、

「え……このたびは、直之がご迷惑を……」

と言いはじめたのを、赤城《あかぎ》先生が止めた。

「そもそも、今度のことが起こった原因は何なのかからお話ししましょう。ね、吉本《よしもと》くん？」

耕太は、気まずそうに顔を歪《ゆが》めた。

「君が、須田くんのテストを破いちゃったから、須田くんが怒《おこ》ったのよね？」

「その子がカンニングなんかするからでしょう?!」

と、母親が大声を上げたが、

「だからといって、人のテストを破いていいということはありません!!」

と、赤城先生はさらに大声で言った。母親は、その迫力におされた。

「それに、須田くんはカンニングなんてしていませんから」

「なんでそんなことが言えるのよ！」

「ふだんの授業内容や、小テストの結果を見ていればわかります。もう一度テストをすれば証明できますよ、お母さん?!　そんなことはしたくありませんけどね」

耕太の母親は黙《だま》ってしまった。

赤城先生は、吉本親子にツギハギの直之のテストを見せた。

「吉本くんが破いてしまったものを、クラスのみんなが須田くんのために、一枚一枚拾い集めて、張り合わせて直しました。みんなも須田くんを信じています。そんなみんなを、先生はとても誇《ほこ》りに思います。君はどうかな、吉本くん?」

耕太は、横を向いたままつぶやくように言った
「ごめんなさい」

「こ、耕太?!」

こんなにもアッサリ謝《あやま》る息子《むすこ》を、耕太の母親は信じられないといった目で見た。

赤城先生は、うんうんとうなずくと直之に言った。

「吉本くんの謝罪を受け入れますか、須田くん?」

「え? あ、うん。ハイ」

赤城先生はまたうんうんとうなずくと、耕太と母親に言った。

「須田くんの謝罪を受け入れますね、吉本くん?」

「はい」

耕太の母親は、さらにアッサリと返事をした息子に絶句した。

「では、このお話はこれで終わりということで!」

赤城先生はにこやかに宣言した。

直之も宏尚も、「まだ謝ってないのに、いいのかな?」と、顔を見合わせた。

それ以来、耕太は直之にからむことはなくなった。誰《だれ》にも威張《いば》らなくなった。

以前から好きだったという釣《つ》りに熱中するようになり、休み時間にも釣りの本にかじりついて読むことが多くなった。釣り仲間ができ、耕太はほがらかに笑うようになった。


そして、今日も直之は元気に不思議町に駆《か》けてくる。

「師匠――――っ!!」

夏休みが始まった。

路地横のちょっとした空き地に、たくさん向日葵《ひまわり》が咲《さ》いていた。風鈴《ふうりん》の音に降られ、年寄りが「暑い暑い」と言いながら将棋《しょうぎ》をさしている。青空には入道雲がわいている。

真夏の不思議町は、緑と土の焼ける匂《にお》いがした。

「お~、直之。今日は早いねぇ」

「まいどー! 夏休みになってん」

不思議町の皆《みな》に、直之はかけぬけながら挨拶《あいさつ》する。

そしていつものように、直之は高塔の家の玄関《げんかん》に飛びこむ。

「師匠――っ！　お世話になります――っ!!」

居間の縁側《えんがわ》に腰をかけて、高塔と古本屋が並んでいた。

お泊《と》まりグッズをつめこんだ大きなリュックに連れられているような直之を見て、高塔はあきれて言った。

「夏休み初日から来んのかい！」

「はりきってるねぇ」

「あ、古本屋のオッチャン！」

縁側に座った二人は、いつのまにそこにできたのか、庭にあらわれた「池」に足をつけていた。

「うわっ、池?!　涼《すず》しそうや！　俺も俺も！」

直之は池のふちの石に腰《こし》かけて、膝《ひざ》まで水につかった。

「冷た～！」

池には蓮《はす》の花が咲き、水草の下を行きかう小さな魚がキラリと光った。

「成績はどやったんや、ナオ?」

「国語が五年生の時より上がった！　メチャうれしい！　あ、古本屋のオッチャン。俺、あの本全部読んだで!!」

「もう?!　そりゃ、スゲェ！」

「オッチャンの言うた通り、メッチャおもしろかった！　もっぺん始めっから読むねん！」

直之の笑顔は、向日葵のようだった。大人二人は、うまそうに煙草《たばこ》を吹かす。

「昨日《きのう》はな、はじめてお父ちゃんのお姉ちゃんに会《お》うてんで。みんなでご飯食べてん」

「ほぉ。ナオにとったらはじめての親戚《しんせき》とちゃうんか」

「うん。向こうには、中学生のお兄ちゃんと、小三の女の子がおった。俺、ハンバーグとエビフライ食べてん。メッチャうまかったー！　あんなでっかいエビフライ食べたのはじめてや。プリップリやったー！」

「従兄妹《いとこ》より食い物かよ」

古本屋は大笑いした。

「ここで宿題全部やったらな、み〜んなで海へ行くねん！　おばあちゃんが、リゾートマンション持ってんねんて！」

「さすが金持はちゃうのぅー」

ワシワシと、蟬《せみ》が鳴いていた。

暑い陽射《ひざ》しの下、庭草のかげで、白い小さなモノがまるまって眠《ねむ》っていた。

「暑いなぁ～」

「かき氷食いに行こうぜ？」

「行く―――っ！」

三人で、不思議町の路地をゆく。高塔がはいた下駄《げた》の音が、涼しげに響《ひび》いた。

「夜は、焼肉や―――！」

「夏は、焼肉とビールだねぇ！」

「わーい！　焼肉、焼肉～～～!!」

直之は、夏の空に向かって叫《さけ》んだ。

直之は、もう毎日この町へ通ってくることはないだろう。

それでも。

不思議な町の不思議な家で不思議な住人たちと、直之は、おだやかで何てことのない毎日を、これからも過ごしてゆく。

解説

令丈《れいじょう》ヒロ子

私は、香月日輪作品のファンです。それも濃い目の。香月さんご自身とも、仲良くさせていただいてます。

「ちょうどできた原稿あるんだけど、読む?」とか、「今度書く話の、キャラクター設定見る?」などと言われると、忙しくても、気がついたら香月さんの家にむかっています。

そして彼女の部屋に入るなり、それをむさぼり読むのです。

まだ本になっていない、そのお話の行間を読み、あらゆる想像をふくらませ、大興奮。

読後に裏設定を聞いてまた大喜び。時には話の続きを担当編集者よりも先に教えてもらい、さらにテンションがあがる……という、香月不思議物語により餌付《えづ》けされた哀れな……いえ、とてもハッピーな読者であります。

ところで、私は児童書の作家です。

香月さんとは同業者であるはずなのですが、「児童文学について」とか「物語作りについて」など、文学に関する話をしたことはほとんどありません。

会うと、しょうもないバカ話や、食べ物の話、萌《も》え話、妄想話。それから香月さんの作品を元にして、そこから広がる、バカ話、食べ物の話、萌え話、妄想話をするので、あっという間に時間がたち、文学の話題を出すひまがないのです。

ですから、今回、このようなお仕事をいただき、大変緊張しています。

香月ファンが聞いたら、頭に血がのぼり、夜寝られなくなるような情報や、おもしろすぎて吐血レベルの裏話などは、個人的に知っていますが、残念ながら、こういうちゃんとした場所では書けません。

また、文学の評論的なことは、私のようなあつあつ妄想系ファンには、冷静でクリアな分析など、とてもできません。

それでここからは、これから香月ワールドを訪れる「初心者向け」に、この物語のおすすめ部分をご紹介しようと思います。

おすすめ①「成長が泣ける」

主人公直之が、まっとうに、人として育っていくすがたが、泣けます。

ネットなどで、この話（初版は岩崎書店・二〇〇七年八月刊）を読んだ方の感想を見ると、児童書ではあるが、大人にもおすすめできる、深いテーマだと言っている人が多数いました。

自分が「完成した生き物」のように錯覚して、忙しい日常におわれている大人にとって、成長することはとても難しく、また、自分にその必要があると認めるのも、一苦労です。

平均的な子よりも成長がおそい、できないことがたくさんある直之にとって、なかなか折り合えない苦手な相手が家族にいる、学校という社会にもいる、一番認めてほしい相手に、自分の努力やよいところを見てもらえない……などの問題は、とても深刻に見えます。

しかし、直之のかかえているいろんな悩みや問題は、われわれ大人が生活していく中でぶつかっていくものと、本質が同じであると思います。

この物語が大人読者の胸をうつのは、クリアしなければならない問題に次々とりくんでいく直之の、たくましさや明るさ、責任を転嫁《てんか》したり他を恨まない、彼の素直さと聡明《そうめい》さ、生命力の強さが、必死で世の中と格闘している大人を勇気付け、かしこく元気に生きるヒントをあたえてくれるからでしょう。

おすすめ②「キャラが深くて長い」

この物語には、クセのある、一筋縄ではいかない登場人物がたくさん出てきます。しかし、単に変わった人、おかしな人というのではなく、どの人物にもそこに至る背景が何層にも重なりあっており、その重なりが千枚漬けのようにねっとりと、物語の味わいを濃厚にしているのです。そこを追っていくのが実に楽しい。

たとえば師匠こと高塔さんは、『大江戸妖怪かわら版』シリーズでも、大変おもしろい役割で出てきます。そしてこちらのシリーズでは、高塔さんとそっくり……というよりほぼ同じ人物かつ別人（大江戸妖怪かわら版の言い方では、「同じ型で、異次元に住んでいる魔人」）である「日那《だんな》」と呼ばれる人物が、大活躍します。

また、古本屋さんも『妖怪アパートの幽雅な日常』シリーズでは、なかなかのキーパーソン。

そのほか、ちょっとしたところにも、ほかの香月作品につながる人物らしきキャラが、さりげなく重大な発言をしていたり、他作品で大騒動を巻き起こした、問題のグッズが出てきたり……。

特に『大江戸妖怪かわら版』シリーズを読むと、不思議なくらしをしている高塔さんの日常が描かれており、なぜこの人はこうなのか……ということがよくわかります。高塔さんに興味を持った方はぜひ、読まれることをおすすめします。

おすすめ③「果てしなく広い」

実は、この解説を書くために、さっき香月さんにメールで問い合わせをしました。『下町不思議町物語』の続きを書く気持ちはありますか？　と聞いたところ、「続きを書きたい気持ちはあります」という、前向きなお返事がかえってきました。

そうか！　そういう気持ちがあったのか！　ぜんぜんしゃべってるときは気がつかなかったよ！　それなら続編が楽しみですね。

いろんなシリーズを同時進行で書き進めている香月ワールドですから、続編以外でも、ほかの物語の中で、直之くんや高塔さん、古本屋さんやネコタクシーの運転手さんに、また会えるかもしれません。

最後に、この物語を読み終えた、香月作品初心者の皆様へ一言。

香月ワールドに、ようこそ。この世界は果てしなく広くて、大きいようです。絶景やら美景やら、みどころがいっぱい。お祭りとかもしょっちゅうあります。

おまけに、どうも終わりがないようです。

うっかり立ち寄ったつもりで、ここから出られない旅行者がたくさん棲息《せいそく》しています。あなたもそうなるかもしれませんね。

急に冷え込んできました大阪より

（二〇一二年二月刊・新潮文庫版より再録）

追記

この度は『下町不思議町物語』新装版刊行、大変うれしく思います。

前に解説を書かせていただいてから、十年近く経ち、その間に、いろんなことがありました。二〇一四年十二月に、香月日輪さんは五十一歳で亡くなりました。

今、改めて前の解説を読むと、楽しかった日々が懐かしく思われます。

香月さんは闘病中、不安や苦しみをめったに口にせず、常に人を気遣っていました。わたしが彼女と最後に交わした会話が「なにか食べたいものある?」「焼肉食べたいけど、病室じゃ無理だし。ウナギ、食べたい!」「えー! ウナギ?」でした。病室に集まる人たちを明るくしようと気遣った、彼女らしい言葉だったなと思います。

まだまだ、描きたい作品の構想を、たくさん持っていたはずでした。『下町不思議町物語』の続きも描いていたかもと思うと、とても残念ですが。

どんなときでも前向きで、人生の美しい部分を見ていた彼女の残した作品を、この新装版で、読者のみなさんに楽しんでいただけたら、幸いです。

二〇二一年、冬の終わりの大阪より

本書は2012年2月新潮文庫より刊行されたものの新装版です。なお、本作品はフィクションであり実在の個人・団体などとは一切関係がありません。

徳間文庫

下《した》町《まち》不《ふ》思《し》議《ぎ》町《ちょう》物語《ものがたり》

2021年4月15日　初刷

著者　香《こう》月《づき》日《ひの》輪《わ》

発行者　小宮英行

発行所　株式会社徳間書店

東京都品川区上大崎三―一―一　〒141―8202
目黒セントラルスクエア

電話　編集〇三（五四〇三）四三四九
　　　販売〇四九（二九三）五五二一

振替　〇〇一四〇―〇―四四三九二

印刷　大日本印刷株式会社
製本

ISBN978-4-19-894641-8　（乱丁、落丁本はお取りかえいたします）